大勝負

難《な》（娚《ん》）病を生きる

西川正孝　著

ブックウェイ

大勝負　難（娚）病を生きる　目次

一、苦闘

遡ること二十年余り前（一九九六年頃の初夏）、この頃は一人で技術コンサルタントの仕事や専門学校で技術担当の非常勤講師をして十年ほど経っていた。仕事が多く入って来る度、何やかやと病気が発症し、入院したりして、今回は椎間板ヘルニアで入院することになり、折角取ってきた仕事も、その都度ゼロになる。そのようなことを繰り返していた。

椎間板ヘルニアのとき、同時期に発症したメニエル病の治療もしていた。大方治りつつあったが、目眩や耳鳴りは続いていた。その治療の時、喉も診察を受けたが、

「あなたの喉は生まれつきと思うが、あまり喋る仕事はしない方が良い。その声にも現れている。カラオケで歌を歌うなどもっての外や」と言われた。

「治せませんか？」

「無理だな」あっさり言われた。たしかに講義やコンサルタントで喋った後、喉は辛い。

「もう講師や、コンサルタントの仕事もしない方が良い」医師は念を押した。

〈今、止めるわけにはゆかない。差し当って、どうすれば良いのだろう〉

身体のことを言えば、私は幼い頃から腸が悪い。便秘や下痢も多く、排便の時間も長い。

毎日の時間を合わせると多くの時間を浪費している。それまでにも腸や胃も手術をして、痔に至っては三回も手術をし、三回目の手術後初めての排便で痔が出たのには愕然とした。

良いドクターに当たっていない運の悪さを感じた。後述するが、私の生まれた頃は極度の食糧難で、私の身体の弱さは兄、姉の身体と比べるとよく比較出来る。その頃の栄養失調がその後の体調に影響したものと思われる。それに加え運の悪さは、他の人に比べると数え切れないほど多い。病院での手術ミス、会計ミス、処方ミス、買った物は不良品が多い。マンションを買ったときも、我が家だけトラブルが多く、建設会社の社員もそれを見ていて、「その内宝くじが当たるでしょう」と言うぐらいである。

前述した椎間板ヘルニア発症数年後から、妻は両親の病や不自由になった身体、そして認知症を伴う介護のため、実家へ行きっきりになっていた。妻は仕事と介護、私は今までに無い忙しい毎日を送っていた。西は三宮、東は滋賀県高島町、石山町、京都、高槻市、そして大阪市内は梅田、難波、天王寺……〈なぜこんな時に、何時も忙しくなるのか……〉

そんなある日、京都で講義中、繊維筋痛症（この時は病名不明の難病）を発症し、救急車で搬送されたが、まだ椎間板ヘルニアの為、コルセットを付けたままのことで、コルセットをはずそうとするが、私が痛がるから医師やナース達も苦闘していた。検査や色々な専門医が入れ代わり立ち代わり診察に来るが、原因が分からない。分からないかぎり治療はできないと言う。全身に広がる痛みに耐えかねて「死んでも良いから痛みを止めて欲しい」と頼んだ。その病は、その日の昼食後に発症して、夜中の零時になっても症状は治まらない。

「御家族の方、呼びましょうか?」ナースは言った。

「今は誰も動ける者はいないから来れないと思います。もし私に何かあれば、リュックの中に運転免許証や電話帳があるから処理はお任せします」苦痛の中、やっとのことで言った。とりあえず、病名不明のまま、椎間板ヘルニアのとき椎間板に使ったブロック注射を打って様子を見た。あくる日、何とか痛みは治まったが、全身浮腫んで、両足は丸太のようになっていた。少し高めのベッドを苦労して下り、最初は立つことも出来なかったが、訓練して、何とかゆっくり歩くことができるようになった。その後診察室で、かなり権威があると思われるドクターの診察を受けた。

「ホーキング博士（イギリスの物理学者、筋ジストロフィー症と言う難病患者）のような筋肉の病気ですか?」

「それとは違うが原因は分からない。整形外科、内科、神経関係などのドクターがチームを組んで研究しなければ分らないだろう。ここは京都第二日赤病院だが、ここに通うのは大変だろうし、紹介状を書くから、そちらで対処してもらって下さい。どこが良いかな?」

「ここも日赤だから、大阪の日赤をお願いします」

「日赤と言っても全然繋がりは無いんだよ」

「そうですか。初めて知りました」

痛みが治まったことから、退院するように言われた。病院にもう一日居させてもらうよう頼んだが、病室やベッドの空きが無いとのことで断られた。昨夜も手術室用の高いベッドで、廊下のようなところに寝かされていたのである。

地下鉄に乗るため、エレベーターを探したが、どこにも見当たらず、重いリュックを背負って、階段を自分の足で降りなければならない。階段でこれほど苦しんだのは生まれて初めてである。まだ腫れ物に触るようなもので、またどこで再発するか分からない。

私が動けなくなったことを想定して、学校側も講師のやりくりに頭を痛め、病人の身体のことには気を使わないどころか､学校関係者は誰も顔を出さなかった。非常勤とは言え、この仕組みの冷たさに心も荒んでしまう。今までも仕事で色々あったが、一匹狼で仕事をすることの厳しさを思い知った。

そして自宅に帰っても、全てのことを自分でしなければならないのである。仕事も一旦引き受けたからには最後までしなければならない。そういう責任感は人一倍強い性格でもある。帰宅後、学校や仕事の関係する所全てに、仕事を続ける旨の電話をし、帰りに買ってきた食料で簡単な食事を済ませ、ひとまずその日は寝た。

その後、少し歩いても、歯を磨いても、調理しても、その時々の筋肉が直ぐ発症しかけた。台所や洗面所で特に水に触れると発症し易い。そして列車の中で、足元に置かれた大きな鞄や荷物が、ふくらはぎに当たるとすぐ発症しそうになる。この病の発症後、日光にも凄く弱くなった。雨傘を日傘の代わりに使うのだが、ビルや道端にある色々な物の反射光にも過敏に反応する。後で分かった事だが、音、光、触感等が敏感になるらしい。更に心臓の脈が休憩したり、速打ちしたりするようになった。医師はあまり気にしてないようだが、胸の苦しいときは怖い。

一、苦闘

正座も胡座《あぐら》も出来なくなり、できるのは椅子に腰を掛けるのと寝ることだけである。その椅子も神経に触るから、洋式の便座に座っても痛く、特に冷たいと発症し易い。それにしゃがめないから和式の便器さえ使えなくなった。従って外出時の用便は恐ろしい。この身体で重い教材や仕事の書類が入ったリュックを背負い、帰りには食料の調達をせねばならない。その上、翌朝の食事の用意もいる。〈もうどこで死んでも構わない〉やけっぱちになる。

そして教室では、黒板に書く場合、チョークが握れないで苦しんでいるときもある。

この身体の事を知って、ある女子生徒が問うた。

「先生、奥さんは？」

「一人だけど居る」

「一人だけどだって」女子の誰かが変な目をして言った。

そんな中、何か言いたそうに、一人の女子受講生が私を睨み付けている。

「そんな色っぽい目で睨まれたら、授業できないよ」

「その一人の奥様は？」別の女子受講生がからかうように言った。

「自分の親の介護のため実家に帰っている」

「では、今、お家では、お一人ですか？」

「ああ、家事って忙しいものやな、何もかもしなきゃならない」

「他にも仕事していらっしゃるのでしょう」

「うん」

「凄いバイタリティーですね」

「生活がかかっているものな」

「それじゃ私達の所にいらっしゃいよ」

「えっ」いきなり思いがけないことを言われ戸惑い、間を置いて言った。

「有り難う。あなた達三人で住んでるの？」

「そうよ」

〈こんなことを言ってくれる親切な娘さん達も居るのや、有り難いと思いつつ〉

「この身体じゃハレムの王にはなれないよ」と冗談ぽく言った。

皆どっと笑った。

今まで専任講師が病気や都合で幾日か休み、臨時で穴埋めをした事も度々あった。

今回は頼まなければならないと感じていた。

病気になる前、ある京都での授業の時、

大学卒、或いは通学中かも知れない女子が問うた。

「大学でも教えていらっしゃるのですか?」

「お呼びが掛からなくてね」

「もう明日で終わりですね」

「うん。専属講師が病気で、少しの間代理で来ていたのです」

「残念だわ」

「京美人と別れるのは辛いなー」

「私も」

ここで終わることは何だか惜しい気分になった。

電車で通っていると、様々の人と目を合わすことがある。烏丸駅近くのカウンター付きパンやで、隣に来た女子高生と目と目が合って、彼女の容姿や目の仕草にハッとして懐かしい女性に会ったように、私は十代の頃の自分を覚えた。彼女も私に意識したような表情をした。彼女が昔、私の周囲に居た女子高生に似ていると言うわけでは無く、私の心に潜んでいる何かとマッチングしたのかも知れない。声を掛けたいという感情が沸き上がったものの、それは出来なかった。〈ああ私は歳をとっているのだ〉そう考えたのであろう。

まだ十代のままの心と今の心が同居している自分を考え、そして彼女の容姿や目の仕草を思い出しながら、電車の座席に座っていた。

私の病は夜寝ていても発症しかけるときもある。たしかに一人じゃ心細い。

しかし昼間であっても、発症し、外で倒れれば色々な意味で、もっと危険である。

遅く帰る時など、コンビニの店長が言った。

「今頃帰っても、あすの朝も早いんでっしゃろ」度々見ているからである。

帰宅すると自治会の回覧板が幾つもドアのノブに掛かっている。内容は全く無駄なもので、何回も同じものが回っている。

『伝達事項があるなら、マンションの玄関のボードに貼って、サインが必要なもののみ回覧してはどうか』と何回もメモを付けて班長に戻した。皆迷惑がっているのである。

しかしこの地区の長になっている人や、この土地に昔から頭にすり込まれている古い因習から私の意見は受け入れられない。不自由な足で夜中に持って行く無駄を思うと供に、世の中はこのような無駄な事ばかりで成り立っていることに腹立たしかった。〈このようなことで何か事が起こった場合、助け合いが出来るのだろうか?〉

前記した身体のアクシデントが起こったこんな時、テレビや目覚まし時計が潰れ、無理をしながら、買って帰った目覚まし時計までも不良品。運送屋が運んできたテレビも不良品だった。このように神にも見放されたように困る事が集まる悲しさ……

仕事の空いている時、買いだめする為、店長に頼み込み、スーパーのカートを借りて、そのまま運んだ日が何日あっただろうか……住居と駅とスーパーが近いのが幸いした。

自宅は近鉄大阪線にあった。仕事から帰宅途中、鶴橋や上本町の駅まで帰ってきて、家に帰るか、日赤の救急外来に転がり込むか迷う日が続き、病院から仕事に行った日もあった。こんなときでもＶＴＲで経済ニュースを録画して、食事をしながら見たり、新聞も日本経済新聞と日経産業新聞を購読し、寝る前や乗り物内で素早く目を通していたが、インターネットができるようになってから、新聞は二紙とも止めてしまった。

足を引きずるようにして、不自由な身体で仕事を続けていたものの、手や足が動きにくくなり、外へ出ての仕事は無理になってきた。仕事の区切りも付いたことから、とうとう外へ出ての仕事は止めた。また一つ病の持ち数が増えたのである。

家の中は背もたれ付き座椅子を置いて、何とか自分の座る場所は確保しているものの、色々の資料や新聞などが積み上がり、友にも来てもらえないゴミ屋敷同然になってしまっていた。高校通学時、難儀して手に入れた運転免許証だが、〈このまま車の運転もできなくなるのだろうか？〉など未来も暗い心になる。

また妻は親の介護をしながら仕事を続け、いつ倒れるか分からない限界に近かった。

このまま続けば、介護される二人、そして特に介護する妻、病気の私、このうち誰が死んでもおかしくない状態である。

身体がどうにも成らないとき、あれ程助けて欲しいと思ったことは今までには無かった。

「近くにいる妻の妹に少し替わってもらえないのか？」めったに言うことの無い私は言った。

「子供が小学校へ通っているから駄目らしい」

「女の子だし、もう母親の手助けはできるだろうに」私の小さいときから、母親は床に伏し、私の小学校入学日に入院し、幼い私の世話や、家のことをしている子供の頃の姉の姿を覚えていたからである。姉のことを語るには書いておかなければならないことがある。

私の生まれた一九四六年は終戦の翌年でした。一九四四年十二月には南海トラフの東南海地震、一九四五年には終戦で都市部は焼け野原、私の生まれた一九四六年十二月に南海地震や凶作、戦地からの引き揚げ者などで極端な食糧不足のため全国的に餓死者が多く出た。戦前、私の家は貧乏小作、終戦後進駐軍の政策による農地改革で私の家にも僅かな土地が得られた。しかし山の中で運搬も命がけの道である沼田や、洪水が出ると土砂に覆われる河川沿いの悪地ばかりだった。更に戦中戦後共、軍から食料徴集に来るから、田舎でも食料は無かった。

そのような中でも都会の親戚から食料調達に来る。折角来たのだから、他家から借りてでも持たせてやる。母は自分は食べないでも、家族や親戚のために、食料を用意する。母が栄養失調だからお腹の中の私も影響を受け、母子共栄養失調、私を産んだときは母乳どころか初乳も出なかった。全国的にユニセフから配給されたらしいが何処に消えたか我が家には配られ無かった。母は私を出産後、床についていることが多く、私が物心つくまでは、そんな母の枕元で一人遊んでいる事が多かったようだ。

そんな折、姉が小学校から帰ってくると、姉の帰りを待っていた私は「姉ちゃん帰ってきた」と言って喜んで玄関へ走っていったらしい。

姉は私より六歳上だから、私が三歳としても、姉は九歳で小学校三年ぐらいである。

学校から帰ると芋を焼いたりして、私に食べさせた後、薪にするため、山へ柴集めに行って、柴を背負って帰ってくる。まだ遊びたいあの歳で家族の食事の用意をしたり、私の世話をしてくれていたのである。栄養失調から心臓を病んで死線をさまよっていた母は私の小学校入学日に入院した。あの日が母の命日になっていたかも知れなかった。親戚が多く集まっていたから、この私にも母は死ぬかも知れない事は想像できた。入学式を終えた私は、学校の直ぐ側の地道悪路を、ゆっくりと進むタクシーの後ろ座席に寝かされて、病院へ行く母の顔はこの年になっても覚えている。長期入院の末、母は奇跡的に助かった。

姉は中卒で就職して、私の小学校四年までしか家に居なかったが、幼少の頃の私や母、そして家族の世話は姉がしていたと言って良い。

今の苦闘の時には、私の父はすでに亡くなっていた。母は介護とまでもいかなかったが、兄夫婦が呼び寄せ面倒を見てくれている。このようなことは世間では珍しくない。そして一家の崩壊につながっている。ここで他の人と私の違う点が三つある。

一つはその時住んでいたマンションのローンは繰り上げ返済で済ませていたことによって、マンションの管理、修繕積み立て金と固定資産税は要るとしても、生活費は食費ぐらいなものである。
二つ目は働き手の私が複数の病を持ち、原因不明の難病を煩っていること。
三つめは私が後述する大勝負に出たことである。

二、大勝負

私は十九歳で就職して機械設計の仕事をしていた。その頃から、サイエンスや他の技術資料を頭に入れ、考え、自分のものにするように心掛けていた。いつ頃廃刊されたか忘れたが、当時『技術ジャーナル』という週刊新聞を購読していて、本誌には最新のアカデミックサイエンスから実用的技術まで網羅されていた。そして本屋で技術雑誌を見て、興味のある特集号があると購入したり、月刊技術雑誌を購読した。更に工場見学や見本市など機会あるごとに情報の入手に心掛け、入社後何年か経っと、社内では生き字引とか、歩くコンピューター、知恵袋などと言われるようになっていた。

その後、経済やマーケット、財務などへも貪欲に知的財産を溜め、発想力は自己で育む事が出来る。自分にそう言い聞かせて生きてきた。気が付いたときは他の人とは大きな差が付いて、その頃には多岐な分野の仕事ができるようになって、先読みの力も付いていた事は、今迄してきた仕事を振り返ってみたり、後述することからも、自己的には頷ずける。

言い換えれば、知的財産は心を豊かにし、発想力は仕事の範囲を増やすと供に、後述するように人生を助けることもある。

かつて、講師をしていた時、

「先生、私とメールしようよ」そう言って、住所、氏名、電話番号、メールアドレスが記載されたメモを若い女生徒から渡された事があった。しかし私はＰＣ（パソコン）は持っていないどころか、触ったこともなかった。

これを機会にと、ＰＣを買い、ＰＣやインターネットも苦労しながら自分で設定し、その女生徒へメールを送った。直ぐ返事が来て、写真の添付ファイルが添えてあったりして、面白さに吹き出したこともあった。そのとき私はまだキーの場所も分からず、使い方も分かっていない。四苦八苦しながら徐々に使えるようになっていった。あの女生徒のお陰であり、今でも感謝している。

このことで私にＰＣとインターネットと言う便利な道具が手に入り、情報収集に役立つばかりでなく、その後不自由になった手で、文章も書けるようになっていたのである。

〔ついでに、手のことで言えば、幼い頃から、器用だとか絵も上手だと言われていたが、老いても本人が画狂老人とまで言った江戸後期の浮世絵師葛飾北斎のように、本当の美しい線が引けない。綺麗な字も書けない。他人には気づかれないが、手や指が小刻みに震動しているのである。従って小学生の頃から、そのような道に進むのは諦めていた〕

話は元に戻るが〈この身体で、どのような仕事ができると言うのだ〉今できることは、頭で考えたことをＰＣへ入力することだけである。

家に居ても収入のため、何かしなければならない。初めは人の消化管（口から肛門まで）内視用マイクロカプセルカメラを作ろうと、構想を進めていたが、人体が相手だけに、どうしても資金や医療のスタッフも必要だし、細かい部分にまで構想を進めてゆくと、それ以上は簡単に進められなくなってしまった。中でも自分が出歩けないことがネックになり、気分も追い詰められていった。そのうち、イスラエルの会社が良く似たものを発表した。

しかし私の構想は消化管内のどのポイントで撮影したものか分かるように工夫し、そしてカプセルの前後にカメラをつけることや、その他の機能も色々と工夫していて、自分の方が勝れていると思った。しかしこれ以上進められない以上、もう不可能なことが決定的になったのである。他には本を書くことも考えた。しかし、学校時代作文も書けず、女性との手紙のやり取りにも苦労をしたぐらいで、仮に書いたとしても、業界に受け入れられないばかりか簡単に売れる状態では無く、多少売れても印税など微々たるものであることも分かった。妻は親の介護をしながら勤め、今は何とか食いつないでいても、私は若くから会社に勤めていないから、同年代のように退職金は無く、年金が受給される歳になったとしても収入は少ない。もう外で働けなくなってかなり経つ。今後の生活を考えると、蓄えも心細くなってきた。残されたことは、人脈も学歴も要らない、この身体で、この境遇で、自己の才覚のみでできること、それは株式運用をすることが唯一の道と思い至り、再び実行に移った。S社が米検索会社に出資し、国内にも検索会社を立ち上げた頃から私はS社に目を付けていて、再運用を決めて以後、再び過去から現在、そして細かい事まで調べ上げ、中でも社長のS氏に興味を持ち、将来大化けする『金のなる木の苗』と思うようになっていた。過去を思い起こしてみると株価はITバブルの時、S社の株価はうなぎ登りに上がり続け、最高二十万円近くにもなったが、二〇〇一年頃ITバブル崩壊や、その後も相次ぐ買収や投資による多額の負債や赤字のため信用不安となって、短期間に最高から最低まで凡そ百分の一まで暴落したりした。このITバブル崩壊後、私は他の銘柄は損切りしてS社、そして証券会社の営業マンでさえ知らない医療関連の新企業T社、同じくPCソフト会社のJ社の三社に絞り込んだ。勿論よく調べ、考え、先読みした上でのことで、更に言えば株式投資は本来過去やデイトレードのように、その時の値動きに投資するものでは無く、今後の成長に投資するものなのである。

その後S社は大手固定通信会社を買収したり、ブロードバンドADSLに参入し、更に外資の大手携帯電話会社の日本法人を買収した。この時々、アナリストや報道関係者、エコノミスト、経営コンサルタントなど全てが、S社は既存の大手携帯電話会社二社の草刈り場になる。倒産間違いなしと報じた。その裏には買収した会社の業績が全て悪く、負の材料としか受け止められなかった事も大きい。たしかにその時々に大赤字が続いた。しかし紆余曲折はあったもののS社長はこれらを短期間に立ち直させた。私も株主として色々提案した。その中にはADSLは基地局から二キロメートルも届きにくい事もあり、私流の独特の予測計算をして、五〇〇万人が限度と算出し、会社が力を入れている中、方向転換を促したメールを送ったこともあった。結果的にはドンピシャの数字だった。

しかしまだまだ試練は続いた。その後、S社は相次ぐ買収でますます負債も膨れ上がった二〇〇八年九月、CDS値（クレジット、デフォルト、スワップ　債券を所有する投資家が債務者の債務不履行リスクを回避するため保険会社に保証料を支払う取引）が悪化し、Ｓ社の株価はまたまた暴落した。いわゆるリーマンショックである。この時もＳ社のことをメディア、アナリスト、証券会社、著名人などが、またもこぞって倒産と騒ぎ立てた。

前記したような各買収のときや、この時も私は安くなった所で買い足した。住んでいたマンションのローンの繰り上げ返済をして資金を使った後であり、それに生活は介護しながらの妻の稼ぎに頼っている現状で、残り少ない蓄財もますます減ってきているのに、残り少ない（その）資金を投資したのである。このことは他から見れば金を捨てるバカとしか見えないに違いない。前記したように報道機関などが、Ｓ社のことを充分調べないで、こぞって騒ぎ立てたため、株価の暴落に拍車がかかり、私にとっては安く買う手助けをしてくれたようなものであった。彼らは過去の教科書的考え方で、Ｓ社長の能力や事業の未来など、考えなかったというより、考える能力がなかった。投資判断になるよう出される格付けや株価収益率（ＰＥＲ）、株価純資産倍率（ＰＢＲ）、一株利益（ＥＰＳ）等は一番新しい有価証券報告書であっても前期のものであり、決算報告書も過去のものである。

過去のことも必要だが、投資に一番大切な今後のことは考慮されていない。格付けや判断数値とはその程度のものである。一般的に専門家とかプロと言われる人達も、過去を念頭に考えての意見であり、当てにはならず、これは投資家一人一人が未来を読んで決めなければならないもので、それゆえ普段からの努力が必要不可欠であり、急に始められるものではない。金融機関のファンドマネージャー等トレーダーも大学を出て、会社でトレーディングルームに配属され、トレーディングをしているだけなのに、プロとか専門家とか言われている。そしてプロのデザイナーとか翻訳家と言っても普通の人と何ら変わらない。

株は用意したものの、外国の株価は上がっているのに、業績は良いにもかかわらず日本の株価は上がらない。しかし自分でできることは全てした。人事を尽くして天命を待つと言った心境である。外国から長期保有の大量の資金が入ってきたときは上がるが、その時以外は買いが入らず、しかも出来高が少ないから、買いが終わると直ぐ空売りが入る。

日本人の株式投資は人口の十六％程度で、世界でも少なく、例え参入者があっても無知が多く、賑わっている銘柄間を移動している短期売買（特にデイトレード）、信用取引（証券会社に保証金を預け、証券会社から借金をして売買する）、空売り（担保を預けた上、株を借りる費用を払って、借りた株を売ること）が多く、株式に関係した経済的な報道で、その銘柄に関係なくても、振り回されることが多い。更には収益と関係無く、前記したように短期売買や空売りで暴落させられているので、日経平均株価は万年同じ右肩下がりか、上昇せず平行である。今までに何度も金融庁に空売り防止、短期売買の課税強化、その一方で長期保有者の課税優遇を提案をしてきた。アメリカでは既に長期保有者への課税優遇はしているようだ。金融庁ももっと柔軟に対応して欲しい。株価が上がらないと正当な外人投資家も入りにくい。今迄このような相場は長く続いてきた。（株価が上がらないと個人も上昇による利益は無い。従って証券マンも下げさせて儲けられる空売りのテクニックを個人に教えるから、株価は下がる方向しか動かない。証券会社も手数料を稼ぐため、やむなくこのように動いているのであって、彼らも自分で自分の首を絞めている仲間なのである」このような状態がこの時にも続いていた。株価が上がらないゆえ、世間の市場マインドも良くならない。マインドが良くならないとデフレも脱出できない。米国と比較して、バブル以降の日経平均の動きや毎日下がっている日本株を見ていても、米国での出来事など、国外の事も悪材料には反応するが、良い材料には影響していないこともよく分かる。その様な中であっても、S社は他にも買収した会社が急速に進化をし、それに日本には合わないと世間から批判を受ける中、スマートホーン、特にｉホーンを取り扱い、収益は飛躍的に伸びた。それでもS社長の行動スピードは鈍化しないで、S社はますます伸びて行った。それらによって、下げ過ぎていた株価はじりじり上がり始めた。そして固定通信を買収する前も含め、S社は何度も株式分割をしていた。この株式分割は少ない資金で長期保有をする個人投資家には、一旦株価は下がるが株数が増え、株価はまた上がってくるから有り難い。S社長が色々事業に触手を出していたのはパラダイムシフトをしていたのだが、世間の頭脳が付いて行けなかったのである。このパラダイムシフトは会社も個人も生きて行くのには欠かせないことなので、これをしなければ、置いてけぼりになってしまう。

一方T社も、かつて、単元株（通常最低購入株数）を一〇〇とするため、一対四〇〇に株式分割をしていた。

〔パラダイムシフトとはこの場合、世の中の思考や概念、規範《きはん》（行動の手本）や価値観が大きく変わってしまうこと。株式分割とは、例えば一対四〇〇に分割とは、株価は四〇〇分の一になるが、株数は四〇〇倍になる〕

この時の世間は大不況で雇用も減り、職業の再教育もしていた。私も、かつて、その一端の教育をしたことがある。株は用意したものの、民主党による暗い雰囲気の不況は脱出しそうにもない気運が世間を支配していた。

ところがあるとき、思い掛けず、二〇一二年十一月十四日、自由民主党との党首討論で民主党の野田首相が衆議院の解散を明言し、自民党が優勢と読んだ外国人が大量の買いに入って来た。少し遅れ、国内勢も買いに加わってきて、リーマンショックで最低株価が七〇五四円まで下がり、その後一万円を切っていた日経平均のマインドは一変し、株は急騰しだした。〈神様、仏様、野田明神様〉心の中で叫んでいた。

その少し前、京都大学山中伸弥教授によるｉＰＳ細胞（多能性幹細胞）のノーベル賞受賞の気運が高まって、二〇一二年十月八日決定が発表され、その関係のＴ社も急騰しだした。結局安倍政権が決定し、外人からアベノミクス、黒田日銀総裁のバズーカ砲と言われる異次元的金融緩和で国内のマインドも変わり、商業などの売れ行きも良くなった。

やはり株価が良くなると、世間の消費マインドも良くなることが証明された。

このＳ社とＴ社、両方の株の売り時期を間違うとＩＴバブルの時の二の舞になる。

売り時期をじっと考えていた。ジリジリ上がっていった。

まだ、まだ、まだ　来た！　今だ！　早速売りをかけた。

私はＳ、Ｔ両社の株も持っていたから、何はともあれ両方で夢を享受出来る事になった。株式の銘柄選定が良く、結果的には先読みが的中したのである。しかし心中では自民党によってまた国の借金が増える政治になる懸念も湧いていた。アベノミクスと異次元緩和期待で一時株価は上がったものの、上がり続ける事はなかった。要するに足が地についた政策でないから長続きはしなかったのである。

私は良いタイミングで売ったことになる。後は再びデイトレーダーの短期売買や空売りが多く株価は上がらなくなった。

私はあるマンションに目を付けていた。自分の身体に合った便利なところだけに、どうしても欲しい物件だった。しかしそれまで株が上がりきらず、手が出せなかったのである。

ところがリーマンショックで、建設を途中で止めていたから完成の時期がずれ、遅れていたマンション建設の再開と株式の復活が同時に進み出し、私にとっては両方のタイミングが合い、生まれて初めて、もう無いかも知れない好機が訪れ、持っていた夢の実現化が到来した。私がマンションを買ったとき、世の中のマインドはまだリーマンショックの影響を抜けきれないでいて、マンションを買いに行く人も少なく、選り取り見取りの状態で、予算に合う気に入った一角を手に入れることができたのである。

故郷にいた少年時代までの住居は雨の日には雨漏りが酷く、洗面器、バケツ、食器など幾つあっても足りないぐらいで、風の日には瓦の下の風化した土が各部屋に落ちてきていた。八畳二間と電灯が無い四畳二間の部屋も、養蚕の時期になると八畳二間は蚕に明け渡し、兄、姉が就職してからも、家具を置いた四畳の部屋に家族四人が詰め込み状態で寝るのである。養蚕の部屋から練炭の二酸化炭素や、養糞の臭い、蚕が桑の葉っぱを食べる音が雨音に似ていて襖で仕切った四畳の部屋へそれらが影響してくる。しかし一酸化炭素中毒にならなかったのは隙間風が多かったからだろう。他家では勉強部屋の話しも良く聞いた。しかし我が家では自己の部屋などあろうはずは無い。風呂も住居外に自分達で建て、屋根は杉皮葺きの粗末なもので、冬は寒い。風の強い日など「今日は風が強いから風呂は止めよう」母はよく言っていた。火事を恐れたのである。その風呂も近くの川から何度も往復し、バケツを両手に下げて水を運ぶのである。それは子供である私の仕事で、重いから辛い仕事であった。後、薪で湧かすのだが、斧で木を割ったりするのも主に私の仕事で、更に風呂は水が漏れる程傷んでいるぼろ家なので、何を見ても良い物はなかった。

家だけ語っても貧困を絵に描いて表しているようなもので、それゆえ、大阪へ出て来て、弱い身体で、どんなに苦しいときでも、親に金の相談は出来ないばかりでなく、逆に少しでも渡すことも少なくなかった。

結構時は掛かったが、前記したように、今回狙っていたマンションが手に入り、どうしても忘れられない昔を回想して感慨深いものがある。更にこの身体で出来た嬉しさは一入で、望みを捨てなかったことが大勝利になった。底が見えていた預金も、人並みとは言えないまでも僅かながら窮地を脱することが出来た。やはり私にとっては大勝負に違いなかった。運が良かったと言う人も居るだろう。しかし普段の努力や準備なくして、決してチャンスを生かすことはできないことを身をもって感じた。この時には両親達は他界していて、この朗報は伝えることができ無かった。この朗報を姉達に話すと喜んでくれた。しかし姉達も決して楽な生活を送っているわけでは無い。その時、実の姉は言った。

「妻側の遺産はどうしたの？」

「妹が全部処理して、何も知らないよ」

「あんたら二人供、世間のことに疎過ぎるわ。皆そのことに必死なんよ」

「元々両親に大した資産は無いし、当てにしたことは無いよ」

しかし、振り返ってみると、妻の両親供健在時も、妻は休みの度、様子を見に訪問して、出来る事をしたり、親の実家（和歌山）の仏事等にも全て出席していた。今は誰も住んでいない実家の小さな庭の手入れや、そこで出た木屑も、ゴミ出し日の朝、早くから出かけて所定の場所へ置きに行き、両親の死後もそれを続けた上、毎週実家の家財の処分もしてきた。従って、あれやこれやで我が家はゴミ屋敷同然になり始めた一因でもある。また妻の勤務時、掛け捨てではあるが、生命保険の死亡時受取人名義は難病の夫の私では無く、妹名義だったのである。そのことを私は知らなかったが、引っ越しの時、書類を整理していて初めて知ったのである。それほど長女としての思い入れは強く、それらを考えると妻を哀れに思う。私は地方から大阪へ出たときより、他人の金を当てにする生き方をせず、生活は自らで築くものという心が出来ていたから、自分にとって自然なことだった。

姉が言うように我ら夫婦は世間の主婦の話題には興味が無い。一方普通世間の主婦が話さない難しい経済のことなど、私が自然と喋るから、妻も義理の姉との話しの中に出るらしい。私は電話で話し中「奥さんあんたに洗脳されている」と言われたことがある。

話は少し戻るが、私はS社に賭けていた。もしS社が倒産すれば、今までの分も全てが紙くずになる。世間で騒がれているようには、悲観的に見ていなかったが、あれ程騒がれれば不安も湧いてくるし、こんな時、投資するには、覚悟と勇気、そして決断力はいる。

これまで見ていて、S社長は運が強く、自力で難題をこなしてきたことを全て記憶している。私は運が悪い。「S社長の運の強さと、自分の運の悪さ」どちらが強いか、試したいことも入っていた。やっぱりS社長の運の方が強かったことになる。

「二度もマンションを買えることはめったにないことよ」そう言って姉は喜んでくれた。

資産のある人がそれを増やすのはそう難しいものではないが、私のように、地方の貧しい農家から都会に出てきて、千二百万円余りで買ったマンションのローンを繰り上げ返済をして、完全に自己のものにするまでには、幾度かの入院もあったりして、子供も作らず、夫婦二人、懸命に働いて人生の大半を費やしていた。言い換えれば、たかが住み家を得るのに、大事な人生が使われていたのである。

しかしその住居は新居を買うとき売却して今はもう無い。

それに、これまでに溜めてきた「知的財産」の一部である経済、金融、そして科学など、あらゆるものは僅かながらも、その後の年金生活の不足分を補填する助けになっている。

生まれたときから、自分の人生は、かつて行った白馬連峰の『不帰嶮《かえらずのけん》』のような危険な尾根筋を歩いているようなものだと思った。

〔ついでながら記しておく。大抵の人は株取引は怖いと言う。これは世間で株取引をして破産した話や損をした話が通っているからである。前記したように、ろくに勉強や調査もしないで、信用取引や空売りなど、期限があったり、短期売買など、借金までして博打まがいのことをするからであって、本来、社会の事やサイエンス、そして企業の将来を先読みして、株価が安いうちに現物で買っておいて、長期保有すれば企業が成長してゆく過程で、株式分割があったりして大化けする可能性もある。それに加え配当や、優待も期待できる。更には会社が潰れない限り株価はゼロにならない。人生にはリスクが付いて回る。そのリスクを小さくするためにも、普段から知的財産を溜め、即断即決できるようにしておくことである。例えばサイエンスが苦手とか言って逃げていては、どんな仕事に付いても幸運は掴めない。更に言うなら、小説を書く場合でも、大学の文学部を出ただけでは、身の回りの事や先人の作品と似たり寄ったりで独創的なものは生まれない。しかし古くなってもう役に立たなくなった物、例えばサイエンスの中で、地動説とか天動説があるが、現在では宇宙から天体を見られる時代だからもう必要なく、歴史で少し触れるぐらいなら良いが、これを学校の科学で教え、試験に出るため一生懸命覚えさせる授業も馬鹿げている。覚えても何の役にも立たないばかりか、他にする事が多くあって全く無駄である。国民の殆どが学歴を得るために試験の点数を上げるための学習であって、自己研鑽や独創を育む努力はしない。

金銭について特記したいことは、飲み食いしたり、旅行に使えば資金は減り、リターンは無い。人々はこれらに使う資金と株に投資する資金の違いをどのように考えているのだろうか？　スマートホーンを使えば使うほど料金が増える契約もあるし､便利だと言ってスマホで支払いをすれば手数料が発生する場合も多い。目には見えていないが充電にも電気代が居る。これらの管理は出来ているのだろうか？

投資の先読みに必要な事だから、経済について、もう少し述べるが、日銀の政策も昔の教科書通りでは、日本の現状に当てはめるのには無理がある。少子高齢化、人口減少、稼げる年代は大学を出てから五〇歳迄とすれば二十七年程で、それ以外は資産を使う側にまわる。給与所得の割合は三〇％以下だろう。そして家庭の年収は年々減ってきている。年金も少なく、国民の保有資産は一部が平均を上げているのであって大多数は少ないし、預金ゼロの世帯も四十パーセント近くある。このような状態では物価を上げれば生活に困窮する人の方が多く、物価は上がらない。物価を上げて企業の収益を上げ、給料に繁栄し消費を促し、経済の好循環にするという日銀の考えを疑う。

日銀がマイナス金利政策をしてから金融機関も、利鞘を稼げなくなり、決算時期が迫ると、今まで以上に株式市場で空売りを仕掛け、利益を得ている。特に大型の値がさ銘柄が狙われることが多く、日本は出来高が少ないから仕掛けても成功し易い。更に動きを見ていると、一気に大量の売りが出る事から、法的には禁じられているが、リスクを軽減するため何社か申し合わせ、強制的に売り浴びせているていることや、個人もＳＮＳ等で呼びかけているように思われる。高額になった株は資金的に買いにくいが、空売りで暴落させる幅が大きく、比較的メリットがある。一方空売りされた企業とその企業への投資家や国、そして個人的に掛けている年金などの資産も減る。テレビの経済ニュースでも、世界中の悪材料（ニュース）に過剰反応し過ぎとまでは言うが、それ以上のことは言わない。本当はそのようなニュースが出るのを待っていて、空売り筋が一斉に仕掛けることもあるのである。初めて株式を買った人も次の日、このようなことをされると、恐ろしく思うのは当たり前で、また投資信託など買わせておいて、裏でこのような空売りをされている場合も多い。とは言え前記したように先行き有望な銘柄の株を長期保有しておれば、目先で発生することに一喜一憂することはない。全て自分で判断出来るように自己研鑽しておけば、株価変動の真実も分かるようになる。前記したことも含め、金融機関は客に儲けさせるため営業するのでは無く、自社が儲けるために営んでいることを忘れてはならない。それにインサイダーにもなる情報を多量に保有している金融機関自身が株取引ができる法律も理屈に合わないし、プロ（？）が運用しているはずの投資信託の成績が良くないのも頷けない。

記しておきたいことがあり、すこし脱線するが、その昔、陸軍大学校を優秀な成績で卒業した者が軍の中枢や参謀になり、特攻を含む様々な愚劣な政策や作戦を考えた。どうすればあのような愚劣なことを考えられるのか理解に苦しむ。今では日本一と言われる最高学府の成績優秀者が官僚となり、政治家と供に、例えば減反に代表する農林水産業の軽視、法人を入れず個人の小さな農家を守った結果、耕作放棄地が増えた。職業にも実力で無く学歴重視社会を作り上げ、誰もが高学歴を望み、家庭は家計が成り立たず少子高齢化、人口減少に拍車を掛けてきた。これは自然減ではなく国の愚策によるものだった。本来動物は食料のあるところでは繁殖する。生活が豊かであれば人口は増える。農村で言えば、もっと早くから減反政策は止め、農地は個人で持つのでは無く、小農の個人を守るより法人や企業の参入を受け入れ、株式などのような形で土地を集めて、世界中から情報を集め、研究もともなうが、必要とされる付加価値の高い作物を大規模に効率良く生産すれば良かった。世界中でも安心安全と人気がある日本の農産物なのだ。農民は給料制の従業員に成り、土地提供者は規模に応じて、株と同じように配当を受け取ると言う方法もある。

更に陸地で海水魚の養殖もできる。従って考えれば仕事は色々ある。

しかし学歴重視にしてしまい、高学歴を手に入れると能力がなくても力仕事をしなくなり、彼らのできる職業も無くなってきた。個人の所有する土地も、もう昔のような金融資産に変えることもできなくなり、前記した様々なことや家計上にも家庭の崩壊にも繋がっている。この人口減少は様々な物を売る人も、買う人も無くなってくることが付いてくる。

今の国策も考え尽くしているとは思えない。規制するべきところでしないで、資本主義であるはずの日本で、要らぬ事に国が介入する社会主義と変わらないことも多い。

親達は子供に有名学歴を取らせ、もう終わってしまった昔有名だった会社へ就職させるのに懸命だが、有名大学の成績優秀者を企業の中枢に採用し続けているはずの大企業も、近頃では不祥事、特に技術的トラブルや新技術が出てこないなど、内部は腐ってきていることもよくニュースのネタになっている。日本の家電メーカーが総崩れになったことにも現れている。総崩れになる前に、既に身近な家電品や商品にもそれが現れていた。最近ではL社の紫外線、赤外線カットの二重ガラスも、紫外線、赤外線を通さなくしても、そのガラスへ蓄熱してしまいヒーターのように暑くなる。何故検証しなかったのか？　不思議に思う。それをメーカーに言っても対策の考えが出てこない。色々方法も考えられるので、一応自己対策をした。T社の便器も男性が使用するには飛び散り等問題が多い。問い合わせたところ、思っていた通り、女性ばかりで開発したため、臭いや音ばかり、いわゆる体裁ばかり気にして、たっぷり水を溜め、機能性が盛り込まれていないのである。女性の考えを重視した社会風潮がそうさせたと思う。

　更に企業寿命や製品寿命は短くなってきている事や、起業した会社も五年以上継続した割合は一割程度で、また初めから上場益だけを目的の起業家もあるらしい。

この頃では退職金や昇給も当てにできないリスクが大きくなってきた。このような中、有名で無かった私の選んだ三銘柄は今も成長し続けている。私は上がってしまったあの三社の株をもう再び買う力は無い。もし売らずにあのまま保有していれば、日本で一億円以上の保有金融資産が二％しかいない富裕層の末端に入っていたことは間違い無い。しかし私は後述する難病でも生活出来る場所に住居を手に入れたことに満足し大成功だったと思っている。

サラリーマンは何もしなければ、給料、退職金、年金など、通常将来がもう決まっている事以上の収入は期待出来ない。そこで私は若い頃からよく調べ、将来を読み、将来伸びる企業を選び、成長過程で株式分割などもあって大化けしそうな株を安い内に買っておくことを、色々な著書で勧めている。参考までに過去の大化け銘柄をリストアップしておきます（二〇年間以内）。途中で株式分割もしている。

もし二〇年前に購入していたら相当の資産を築けたものも存在している。

ヤフー　コードNo.四六九八は別格としても、ファーストリテイリングやサイバーエンジェントも一〇〇万円投資しただけで資産が六〇〇〇〜七〇〇〇万円まで膨れ上がったことになる。

（1）ファーストリテーリング　コードNo.九九八三
一九九七年十月二十四日終値　六一二・五円
二〇一七年十月二十四日終値　三七〇七〇円（約六十倍）

（2）サイバーエージェント　コードNo.四七五一
二〇〇三年五月十九日終値　四五・六三円
二〇一七年十月二十四日終値　三四〇五円（約七四倍）

（3）Ｙａｈｏｏ！　コードNo.四六八九
一九九七年十一月四日終値　二・四四円
二〇一七年十月二十四日終値　五四五円（約二二三倍）

（4）キーエンス　コードNo.六八六一
一九九八年七月十九日終値　三五五一・六七円
二〇一七年十月二十四日終値　六一八七〇円（約十七倍）

三〇年間で見れば時価総額は六十二倍

（5）ドンキホーテ　コード№七五三二

一九九八年十月十九日終値　二四〇・八三円

二〇一七年十月二十四日終値　四六五〇円（約十九倍）

（6）ソフトバンク　コード№九九八四

一九九八年一月十六日終値　四三〇円

二〇一七年十月二十四日終値　一〇二三五円（約二十三倍）

ＩＴバブルの時には株価は最高二十万円近くにもなっている。

三十年間で時価総額は七〇倍になっている。

（7）日本電産　コード№六五九四

これら以外でも十倍以上に大化けした銘柄も結構あります。

諄《くど》いようだが、あまり調べることなく、少ない資金で短期売買を繰り返し、自分では何も努力せず、機械（ＡＩ）に任せていては決して幸運は掴めない。時間が掛かるかも知れないが良く研究し、未来を読んで長期保有してもらいたい。先行き不透明な時代なればこそ光明を見付ける方法の一つに違いない。読者の皆様の幸福を願うから諄く書くのです。

空売りが多いですが、前記したように、これは自分が株を持っていなくても、証券会社などから借りて、売り仕掛けを掛け、暴落させて差額を利益とするものです。上手く行けば利を得ることを出来ますが、借り賃や手数料、金利……を払わなければ成りません。

もし成功すれば仕掛けた者のみが利を得て、年金を含む他の全ての者が損害を受けるため、空売りを禁止する法律を作るように何度も金融庁に進言しましたが、少しも動きません。

それで金融庁がしないなら、空売りを仕掛けた者に損害を与えてやろうと思い、二〇一九年二月七日、好決算で自社株買いの資金を確保した企業へ、株価が上がったところで連絡を入れ、その資金を株価を上げるのに使うのではなく、空売りを仕掛けられた時のみ買いを入れるように頼みました。今まで好材料が出て買いが入り、買いが終わったところで、空売りを仕掛けられ、暴落（強制的に急激に下げさせる）の繰り返しだったから快く聞き入れて下さいました。その策を実施した結果、チャートでも分かるように効果覿面《てきめん》で、今まで買いが終わった後暴落させられていたから、決算発表以後暴落させられないばかりか、他にも要因があるのですが、様子を見ていた投資家が、最近暴落させられないことに安心して、四月十二日には外人中心の買いが入り、株価は大きく上がりました。更に四月一五日上値が重くなったところで、大きく空売りが入りましたが、企業は持ちこたえました。日本は他の国に比べると仕掛けやすいから、今まで空売りファンド、ヘッジファンド、機関投資家、個人など、おそらく同じメンバーが同じ銘柄に仕掛けていたと思われます。

いつもと様子が違うので彼らは思惑が外れ、かなり損害が出たのではないでしょうか。普通自分が持っている現物の株を売る場合、できるだけ高価で売りたいため、一気に下げるように売り浴びせたりはしません。

四月十七日東証が開くと同時に、あの銘柄は五分以内に四百万株（約四七億円）の出来高、明らかに空売り仕掛けで株価は四百円程急落しました。これほどの金額を仕掛けるにはリスクが大きく、単体のトレーダーとか金融機関が出来るものではありません。その後もしつこく空売りを仕掛け、強制的に暴落を狙いました。企業側も必死に防衛したでしょう、株価はそれ以下に下がらず、徐々に下げ幅を縮め、引け前には二百円前後の下げで、攻防がされていて、午後三時の引け後のデーターを見てみると、株価は一八五円の下げにとどまり、出来高は一一二八一八〇〇株（代金は一三二五億二九〇〇万円）でした。

引け前、株価を三〇円ほど戻したのは、翌日の事を心配して、空売りを仕掛けた一分が買い戻したと想像できます。それにしても、あれだけ売り浴びせられ、暴落させせられずに、よく防衛したものだと思います。戦で言えば籠城している所へ、一斉に総攻撃を掛けられたにも関わらず、僅かな犠牲で防衛したことになります。企業側もかなりの資金を使った事でしょう。これも大勝負の一つには違いない。マーケットの裏側ではこのような攻防もあるのです。仕掛けた側には、大きく仕掛けた割にはあまり効果は得られず、損害が発生している者もいるのではないでしょうか。今までこれを何回も繰り返して利益を得ていた金融機関も当てが外れ、業績減として決算に現れてくるでしょう。また個人では株を借りる担保の虎の子の資金も枯渇してしまいます。

『ここまで強引にしてまでも、他に損害を与え、その分仕掛けた者（自己）のみの利益にする。強奪と変わらない行い』金に絡んだ人の心の恐ろしさをまざまざと見て身震いがします。金融庁が対策をしていれば企業も無駄金を使って防衛したり、私達が荒療治をすることもなかったのです。

空売り規制は昔米国で実施されたようですが、あまり効果はなかったので、止めたようです。やり方が不味かったか、投機筋の意見の力が強かったのだと想像します。空売りは一般的に悪用が多く、規制制度のやり方次第では効力を発揮するのです。

企業は自社株買いの資金を確保して、株数を減らし、一株辺りの利益を上げ、株価を上げる教科書通りの事をしていても、マーケットはそのような理屈通り動

いていない。折角自社株買いをして株価は上がっても、また元値に下がってしまう。このチャートは一企業の実践の経過ですが、全企業が行えば市場を変えることが出来ます。企業も役員や株式担当部署は社内にいると飼いならされた動物園の動物のようになってしまい、あまり考えもしないし、戦いもしなくなる。よくよく考えて行動をして欲しい。

また何事も市場に任せておけば全て上手く行くという昔の経済理論『市場原理主義』も合わなくなってきた。詳しいことは我が著書『国家再生塾』に記したため省きますが、その市場原理主義のため、人口問題、教育……数えれば切りがありませんが、総合的に日本は衰退して行っているのです。時代は日々進歩している。何時までも昔の理論のままではいけない。これにこそ国が介入して修正が必要なのです。

この項の最後に一言、私が一番恐れているのは日本の財政破綻リスクである。税収が伸びず、歳出が増えて行く中、日銀も金利を上げれば国債の利払いが増え（国債の償還と利払い費を合わせれば二〇一五年度の歳出のうち二四・三％も占め、増え続けいている）、金利を下げれば金融機関を中心に副作用が大きく、ニッチもサッチも動けない。加えて年金、医療費などの社会保障費は三二・七％、災害も多く、そして大きくなってきて、歳出も大きく増え続けている。税金を納める人口や就労者の収入も増えず、歳入も増えない。所得税、消費税を含む主に個人からの税収は三四・九％、法人税一一・四％で個人に比べ、遙かに小さい。税収不足を国債発行に頼っているのである。給料所得者は人口の三分の一以下と想像でき、日銀の目指す好循環には絶対成らないし、もう個人の税収増に頼れなくなってきた。法人の約七割が税金を納めていないから、この税収を大きくするためにも、日本は科学技術立国でなければならない。それも昨今近隣諸国の後塵を拝するようになってきている。科学技術立国で世界のトップを走り続けなければ生き延びることは難しいのだ。これも『国家再生塾』に記しているから説明は省くが、大学も定員割れが増え続けている。倒産する前、或いは国費に頼る前に早く統廃合するか、別の形にしたり、無駄な学部は省いて効率良い研究を望む。

更に農林水産を含む国の総力をあげ歳入を増やし、無駄な歳出を減らさなければならない。財政破綻をして空売りなどで円が暴落したとき、禁じ手ではあるがアジア通貨危機の時、世界から非難を浴びる中、マレーシアのマハティールが採用したように、為替を一ドル四〇〇円程度に固定してしまうことである。輸入品は値上がりするが、輸出品で稼ぎ、国債の償還を進めることである。輸入品の値上がりに備え、最低限食料とエネルギーを自給できるようにしておかなければならない。しかしこのような事態でも、今迄のように歳入が増えれば歳出を増やす国政の体質を変えなければ打つ手がなくなる。国の経営も会社の経営経験者も入れた方が良い。私は他著書でも言っているが、日本人は何についても理論的に考えず、感情で判断して、国費も無駄使いしていることが多い事に憂いている。

二〇一九年四月、米で逆イールド（利回り）カーブが起こり、肝っ玉の小さい日本の株式市場は世界の何処よりも大暴落となった。逆イールドとは普通短期より長期金利の方が高いが、短期金利の方が高くなることで、景気の先行きを懸念した米国市場で、株式を売って長期国債を買ったためである。従ってメディアが騒ぎ立てたため株価は売られた。

不況は天変事変や地震などで国土が崩壊するとか、食料が不足する以外は自然的に起こるのではなく、政策が悪かったり、紛争、人の心理や何時までも新しい改革的商品がでず、経済が沈滞するから起こる。そう言う意味では個別に見れば優秀な銘柄も多いが、大切な経済に弱い日本人は味噌も糞も同じように、世界のネガティブニュースが出るのを待っている空売り筋に引っ張られ、現物も売られ、マインドも低下する。こういうことからも不況になる。日本はアニメや漫画、動画に力を入れて、もの作り、電気自動車では中国に後れを取った。基礎技術は一番大切なのである。

三、難《な》（娚《ん》）病

マンションを買っても、それまで住んでいたマンション内の大きな物は業者に依頼したものの、本や書類、そして、他の不要分を処分するのに半年ほどかかり、引っ越してからも安住出来るように整理するのに、私の身体が悪いこともあり、更に半年ほどかかった。

引っ越しても、新居の中の整理ができていない状態のまま、不自由な身体で、以前の住居に近い開業医で診察を受けるため、列車を乗り継ぎ、定期的に通っていた。新居内の整理が落ち着いた頃、私の体力の事もあり、思い切って新住居と同じビルディングにあるMクリニックを訪ねた。いつ発作が発症するか分からないことから、私の出かけるとき、いつも妻が付き添っていた。一旦発作が発症すると、発症した本人は電話どころか頓服薬のセルシン錠さえも、自分では飲むことができなくなる。症状は激痛をともない、筋肉の硬直収縮が全身に広がってゆき、どうすることもできなくなるからである。

私のこの病は幾多の病院を訪ねたが、そして救急車で運び込まれたどの医療機関でも、原因不明、治療方法が無いとのことで困り果てていた。

新しく訪ねたMクリニックへ行くとき、私は病気の発症状況や過去の経過など、パソコンでA四用紙一枚へ詳しくまとめたものを持って行き、受付のとき保険証などと供に渡した。暫く待って、名前を呼ばれ、診察室へ入り、医師とお互いに挨拶を済ませた後、若く好感の持てる医師は迷わず言い切った。

「分かりました。繊維筋痛症です」私は嬉しさの興奮を覚えた。そして言った。

「二十年余りして、やっと病名が付きました。私の作った書類を読まれただけで、この病名を言われたのは先生が初めてです。今までのドクター達は原因不明とか、私が違うと言っているのに、全身こむら返り等と適当に病名を付けられていました。時には理屈の通らないバカなことを言う医師には『この藪』と言って大げんかしたことも度々で、今度告げられた病名は私自身、初めて耳にする病名ですが、この病名で間違い無いという直感が働きました。先生は専門でも無いのに凄い！」

ら聞いていた。

と言った。医師にこのようなことを言うのは初めてである。若い医師は笑いなが

「先生は総合診療医ですか?」

「そのようなものです」

「良かった、近くにこんな先生がいらっしゃって」

Mクリニックはスタッフも良い。私は医師に聞いた。

「私達の足腰が動きにくくなったとき往診をお願いできますか?」

「私の時間が空いているときなら何時でも行きましょう」と約束してくれた。

「かかりつけ医になって頂けますか?」

「私で宜しければ」

かかりつけ医ができた瞬間だった。

少しの間雑談して、薬を処方してもらった。

「病名は分かったものの、この病にはまだ決まった治療方法や薬がない難病な

のです。他の病の薬が効くと言うこともありますので、探しながら対処しましょ

う。今日は取りあえず『リリカ』を出しておきます。結構副作用はありますが了解して下さい」

私は馬も合いそうだと思い。明るい気分で診察室を出た。

前記したことや、駅、市民病院、スーパーマーケット、それに大阪市内まで近く、住み心地も良いことから、いい歳をしてからであるが、引っ越して良かったと思った。

この年（二〇一五年）新春頃から、住み家も落ち着いてきたことでもあり、小説等創作活動を始めていた。文学をあまりした訳でも無い。学校時代作文も書けず、手紙も苦手だったが、書き始めたらどんどん進んでゆき、我流だが、いつの間にか書けるようになっていたようだ。青春期を題材にした二作品の物語を同時進行させた。そのような中、二月、インターネットで、京都大学iPS細胞研究所がiPS細胞の講義を始めた。期間は一ヶ月余り。

私も申し込んで受講した。小説も受講もPCを使えたからできたことである。

受講は今迄なじみの無い生化学分野で、一週間に一度試験があり、最後に論文形式の感想文を提出して、平均点が八十点以上あると、ノーベル賞受賞者の山中伸弥教授から受講修了者として認めて貰うのである。認めて貰ったからと言って何も生活上メリットが有るわけで無いが、受けるからには自己のプライドに掛けても、修了証は欲しかった。結局、何とか山中教授のサイン入り修了証を頂くことができた。二作品を執筆しながらの受講で、難病を持った私には結構難儀で忙しい日々が続くことになり、七十歳近くになって、生化学の学習も、小説の執筆も新たなチャレンジだった。

小説は自分の青春の様々なステージを思い浮かべながら、涙、涙の執筆だった。

二度目の診察日、診察後、処置室でナースから血液採取された。

「何の検査ですか?」

ナースは黙ったまま血液検査のリストが書かれた用紙を差し出した。

私はさっと目を通して、

「先程、市民病院で市の特定健診を済ませたばかりで、血液検査もしましたけど、先生はヨウ素の検査もするとおっしゃっていたな」

ナースは黙ったまま、手早く結構多い血液を採取した。

「なかなか手際が良いですね」私が言うとナースはニコニコしていた。

その後、私はその場所を離れ、別室の椅子にいた。

「あなたは何でも知っているのですね?」それまで喋らなかった先程のナースは少し離れた場所から私に話しかけた。

私はぎくっとした。〈なぜ自分のことを知っているのか?〉これは知人や少し話した人からよく言われる言葉だからである。

「なぜそのようなことが分かるのですか?」私は問うた。

「先程の血液検査の採血の時……」と返事があった。

私はそれだけで分かるはずはない、以前ドクターに渡したA四サイズのプリントを見ているのではないかと思った。

ナースが診察室へ入る前、彼女と目と目を合わす機会があった。目を引くような美人で清潔感が溢れている。できればこのナースの当番のときに来たいと思い声を掛けた。

「あなたの勤務日は決まっているのですか？」

「曜日によって違いますが」

「では、いつ来てもあなたの顔を見られるとは限らないのですね？」

「私も、あなたにお会いしたいのに……」思いもよらない返事だった。前回来た時に顔を合わしているからだろう。

「ありゃ、先に言われてしもうた」釣られるように私は言った。

「お会いしたくても。ここでは度々来て下さいと言えませんものね」彼女は微笑みながら、言った。

「全くだ。でも、あなたのような若くて綺麗な人に、そのように言われると、冗談でも嬉しいです」まだ二回目の診察日のことである。

私は引き戸を開け、待合室へ出ようと、振り返って奥の方を見ると、彼女は隣室へ行こうとしていたが立ち止まり、こちらを見ていて、私がお辞儀をすると彼女も微笑みながらお辞儀を返した。

私は引き戸を閉めて、妻の待っている待合室へ行き、妻の横の椅子へ座った。

妻は医師との会話を知っていた。

あの引き戸の向こうの声は聞こえない。診察室まではもう一つ扉がある。

「ここに居ても、先生の声やナースさんの声は聞こえないのに、なぜ聞こえるのや」

「あなたの声は良く聞こえるのや」

「お前、地獄耳やな。そう言えば昔、寮に居た頃も、相棒の声は聞こえないのに、俺の声は聞こえると言われたな。コンクリートの壁も突き抜けるのや。内緒話はできないな」

二人の話を聞いていた受付の女性は、私が見ると、首を横に振りながら笑っている。

私がナースと話していることも、妻には筒抜けだったのである。

又あるとき、あのナースへ言った。

「随分久しぶりですね」私が言うと、

「はい」と応えた。

「昔のメロドラマみたいや」

「ええっ」意味が分からないようだった。若いから仕方が無い。

「すれ違い」と私は言った。

彼女は合点したように診察室へ入って行った。

そして再び血圧計を持って戻ってきた。

「最近の症状はどうですか？」

「相変わらずです」

「血圧を測りますね」


そんな折（二〇一五年九月十日）、テレビの画面に茨城県常総市鬼怒川の堤防が決潰し、濁流が当市を襲っていた。その地域の地名は頭の中にある。私が新卒入社時の上司で、師とも仰ぎ尊敬している人が住んでいらっしゃるのである。私はテレビを録画し、何度も見ながらインターネットでグーグルの住所検索と照らし合わせながら見入っていた。そして電話を掛けたがその人の家はもちろん、常総市役所も繋がらない。涙が溢れてきて、やりきれない気分になった。〈無事で居られるだろうか？〉あれこれ考え、同じ常総市に住むかつて同じ職場に居た人に電話を掛けた。ここは繋がって、彼に調査を依頼した。

あちこち聞いてくれて、無事が確認できたが、避難所暮らしであることが分かった。

水が引いても復旧は思うように行かないらしく、直接話す事も出来なかった。手伝いに行きたくてもこの身体ではどうしようも無い。

書いていた小説は長編になり過ぎて、良い公募先が無い事や、出版社もビジネス第一主義の目論見や固定観念化した審査員の思考に合わなければ撥《は》ねられてしまう。従って確実な方法で一作目を先行し自費出版して、手紙と僅かながらの見舞金を、出来たての本に挟んで、少し早い年賀として送付した。

返事の手紙が来て、手元に届いたことが確認できた。床上一メートル以上浸水して、一階の家具など殆どのものが使えなくなったらしい。送った手紙に勇気づけられたと、嬉しい返信だった。私は引っ越すとき家の中に溜まった不要物の処分に苦労したことに触れ、必要な物のみ残したり、新しく手に入れて、後は全て処分するように勧めた。

「まだこれを言うのは早いですが、どうせ近いうちに処分しなければなりません。もし残しても子供さんが処分に苦労するだけ、今なら市が無料で持っていってくれるから……」など書いた。そうしたら、私の英断に従うとのメールが届いた。一階に置いてあったPCは浸水で使えなくなり、その後電話が繋がって、ADSLが復旧し、二階に置いていた古いPCのメールを使えるようにしたとのことだった。この地域はまだ光回線がないらしい。

一回濁流に浸かると、家も大工が入って工事をしなければならないらしく、この地域の大工は引っ張りだこで、なかなか修繕ができず、二階は住めるものの、長い避難所暮らしが続き、やはり御老体の身や精神的に堪えるようで、十キログラム近く体重が減り、糖尿病まで発症され、奥さんは目が見えにくくなったと言っておられた。

私は奥さんも知っており、ある日電話した時、「入社して一番先に目が付いた一番の美人だった」と言ったら、「そんなこと言われると嬉しいわ」との返事、奥さんの上役と仕事でよく打ち合わせをしたことから、私にも良くして下さり、衣服の乱れを直して下さったり、偶然会ったことまで、五十年近く経つのに細かい事まで覚えていて下さった。その様な事をあれこれと話していたら、あの元上司が「一体誰と話しているのかと思った」と言われる程、お互い好感を持っていた知り合いなのである。

話は前後するが、その年の十二月には前記した元上司に送付した処女作が出版できた。親しい友や新卒の入社のときから、今では年賀状が主な付き合いだったが、その方々に近況のつもりで送付した。誰もが技術者としての私しか知らないから、驚かれたらしい。

本の内容からして、皆私自身の青春実話と解釈した人が多かった。

その中で、水害に合われた元上司には「羨ましい青春を送ったな」と言われた。「確かに実話に近いが、小説内のヒロインとはハッピーエンドでは無いのですよ。出版時、編集者から、『このまま終わられたら、一読者として身の置き所が無い』と言われ、ハッピーエンドに持っていったのですよ」

「それにしても羨ましい青春や。ハッピーエンドで無くても、君は据え膳の美味しい所だけ先に食べてしまったようなものや」と言って慰めて下さった。そうかも知れない。私の心の中に居るのは当時の彼女なのだ。しかし私は後述する仕事を成し遂げた喜びの裏で、高山の頂きから一瞬にして、どうしても這い上がることの出来ない谷底へ転落してしまっていたのである。この転落より二十年余り遡るが、前記したように、私の生まれたときは終戦の翌年で、南海トラフの二回の大地震、凶作、戦地からの引き揚げ者で国内の人口は増え、食料は非常に乏しく餓死者も多く出た。そして震災や戦災での孤児も多く出たが、国を含め世間は冷たかったと言う事を後で知った。我が家も農家でありながら、少ない食料を家族に食べさせるため、母自身は食べなかったに違いない。母体だけで無く、体内に居た私にも影響し、生まれた時は骨と皮、初乳や母乳も出なかったらしい。後でユニセフ（国連児童基金）から脱脂粉乳を配布されたことを知ったが、どこに消えたか私達には配給され無かった。結局母子とも栄養失調だったのである。そんな折、都会の親戚から食料調達に来る。なんとかして持たせてやるから、ますます食糧難に影響をする上、持たせてやることに周囲の人から変な目で見られたらしい。とうとう母は極度の栄養失調で心臓まで病み、寝たり起きたりする身体になっていた。死を前にして母の兄弟から無理やり勧められ、入院する事になったが、当時私の地域には救急車は無く、私は入学式を終えたばかりの、校舎の前の悪路を、ゆっくり走って行くタクシーの後ろ座席に寝かされている母の顔が脳裏に焼き付いている。私の小学校入学日が母の命日になっていたかも知れなかったのである。その後長期入院の末、母は奇跡的に回復したが、前記したように、あのような状態で生まれ育った私の身体は弱く、老いた今でも変わることはない。

最近機会があって、遺伝子解析をしてもらったが、解析の中で、母体の中に居るときや、生まれた時の初乳や母乳は脳初め、他の臓器の発育に大きく影響することが記載されていた。これは粉ミルクや他の物では代用できないらしい。私の家は貧乏小作で、戦後農地解放があり、僅かな土地が得られたものの、山の中の沼田や河川沿いの細長い田畑だったため、昭和三十四年（一九五九年九月二十六日）私の中学一年生時の伊勢湾台風で河川の堤防が決壊し、取り入れ前の細長い土地の稲穂は土砂で埋まり、手の施しようのない程全滅してしまった。この時代は行政からの援助は無く、親戚、近隣の人やボランティアの救援も無かった。兄や姉は就職して家には居なくなっていたから、私は学校から帰ると父と二人で、土砂を出し、藁筵《わらむしろ》を二つに折って、両端を縄で縫い合わせたカマスと言う袋に入れ、決壊場所に積み上げながら堤防を修復していった。こんな貧困の中で、私も中卒後就職することを決意していた。こんな折り三年生で憧れていた彼女と同じクラスになり、お互い心が通うようになったのである。就職は面接に往く前日、先方の会社から断りの連絡が入り、我が家では二転三転した挙げ句の果て、私は工業高校に行くことになった。その後も彼女との交流は続いていた。彼女との出会いは、生まれて初めて味わった夢のような心、そして与えられた勇気、何とも表現できない程の幸福感、信頼感……以来持ち続けていた。しかしまだまだ不幸は襲ってきた。工高三年青春まっただ中での敬老の日、祖母が首つり自殺をしたのである。その噂はその日のうちに町中に知れ渡った。これも貧困から起きたものと思う。私は自分では品格とプライドを大切に生きてきたが、何もかも崩れて行くように力が抜けていった。三学期には目を病んだ上、貧血、流行性感冒に掛かり卒業試験も受けられなかった。それでも卒業設計と就職先からの宿題は仕上げなければならない。細かい事は記して無いが、生まれてこの方、これ程色々な不幸が続く者は周囲を見回しても見た事が無い。彼女の事以外良いことは何も無かった。彼女は男子皆から注目を浴びる美しい才媛で、高校卒業後、彼女は大学へ行ったが私は就職し、その後も文通は続いていた。

「成人式であなたを探したのですけれど、見当たりませんでした。お帰りにならなかったのですか？」手紙が届いた。成人式の晴れ着姿の写真をもらおうと思っていたが、言いそびれ、もらいそこねてしまった。もう彼女を信じ切っていたのである。それまで彼女の応援が支えになり、本来なら出来ないこともやりこなしていたように思う。そして何をしても供に喜んでいてくれた。帰省して、どの同級女性の家に何人か集まった時も、その中に私がいると、彼女の女性友人はその事を彼女に電話をしてくれていたようだ。彼女も私の事を隠さず女性友達に話していたようで、私の事は女性達には筒抜けになっていた。

——このような折り、上層部から指名を受け、大仕事に取りかかって一年掛かって仕上げた後、故郷でのことを何も知らない私は、今後のことでも話そうと、初めて自分から誘いの手紙を出して返事を待っていた。返事には、あの成人式から一年も経たない間に見合いをして婚約した事が書いてあった。学校時代から、そして就職してからも、些細なことでさえ手紙が来ていた程、お互い心は通い合っていると信じて燃えていた私の心の炎は一瞬にして冷や水を浴びてしまった。

二十一歳の何も無く、当てにならない私に比べ、何もかも揃った六歳上の白馬に乗った王子様の出現で、貧弱な身体、学歴、家柄、貧富の差……など、いくら重しを加えても釣り合いの取れない私を消し去る充分な相手だったのだろう。その時の私は勝負にはならず、どうすることもできなかった。彼女は今迄あれほど大っぴらにしていた私の事を、見合い後避けていたようだ。大阪の私と郷里の彼女は離れていて会っていない上、見合いしたことも知らないし、何の情報も入ってこないのに、虫の知らせとでも言うのだろうか、その様子が脳裏をかすめることもあった。受け取った最後の長い手紙にも触れていなかったが、彼女の心が全て伝わってくるように感じた。以来文通もぴたりと無くなった。彼女の心の火はあっさり消してしまったように思う。自分の幸せを見つければ、私の事は何も考えなかったのだろうか？　今迄の事は何だったのだろうか？　そう簡単に変わるものだろうか？　私には考えられない事だが、結婚適齢期の女性にそれを聞くのは酷だろうな……ズタズタに付いた私の心の深い傷は、生涯癒えることがない。以来何をしても供に喜んでくれた彼女が居ない寂しさ……それまで最高の生き甲斐であったものを無くした私は、それ以上の生き甲斐を見つけられないまま、いまだに私の中で消えることなく燻り続けているのである。

私は就職してから彼女の家へ招かれたのは、雪国でも無いのに、朝起きると、生まれて初めて大雪が積もっていた日だった。コートも無く、スーパーで買った安物の背広を着て、自転車で難渋しながら彼女の家へ向かったことも心に深く刻まれている。

小柳ルミ子の「雪明りの町」の歌詞の中に『ポストの雪を指ではらって、あなたに今日も手紙を出すのよ』と言うフレーズがある。私は雪国出身ではないが、なぜか郷愁へ誘われ、彼女の何人かの女友達も親しく接してくれていたことや、彼女から手紙がよく来ていた幸せな頃を思い出す。〈私にも、あのような幸せな青春があったのやなー〉しかしもう二度とあの青春は戻らない。私は分に過ぎた欲は持っていない。この青春の生き甲斐は分を過ぎていたのだろうか……かなりの歳月は経って、もし、人生の何もかもが逆転していたとしても、こればかりはどうにもならない。これも手の付けようの無い娚病《なんびょう》なのだろうな――

〔本書では娚《なん》を男女として使い、難病の難《なん》と掛けて使用している〕

その本を読んだ友人も「羨ましい青春や。俺もこんな青春を送りたかった」と言う者も多い。「めったに小説は読まないが一気に読んだ」と言う人、そして、ある尊敬している人は「技術と文学両方出来るとは素晴らしいことや」とか「今迄溜めてきた知性と感性を一気に表した良い文学」とか、昔勤務していた年上の同僚の男性は「とうとう後世に残る作品を作ったな」と言って下さった。設備機械の設計図は残らないが本は国会図書館など他の図書館にも残るからである。また故郷の図書館の女性司書の方からはは「感動しました」というコメントも頂いている。それぞれ褒めて下さり、また他にも色々な御意見も頂いた。どれも嬉しく有り難かったが、前述したような悲しい裏があったのである。

新卒で入社した同期の親友は五年後、一人は福岡、一人はベネズエラに赴任していくことになった。別れ別れになる前に私が計画を立て、立山↓剣沢↓黒部渓谷へ登山した程の仲である。そして福岡へ行った友は文学に精通しており、私よりよっぽど先輩で、この二人から、芥川賞に因んで「今度は本物の芥川賞を取るように」と言って、私の名前入りのボールペンを持参してくれた。一人は福岡の田舎町から、私の住居がある大阪までわざわざ来てくれたのである。交信はしているが、もう四十年以上も会っていないのに、変わらぬ友情に感激すると供に、彼らを見送った後で、「俺は幸せ者やな」と涙が溢れてきた。

一方先程記したように、年賀状を頂いている方々を中心に、老いた今の近況を伝えるつもりで「良かったら読んで下さい」とメッセージを付けて、昔の仲間だった頃の、懐かしさを思い出しながら荷造りして謹呈送付したのだが、長い歳月が経つと、受け取る側の心中も様々だったようで、返事もくれないばかりか、良く思わない人や迷惑に思う人も居たようだ。普通の贈答品だったらこんなことは無いだろうに、自分の著書を送ることの難しさを感じた。

ある日、講師時代の受講生が訪ねて来てくれた。就職氷河期の時、社会人に再教育をしていた時の受講生で、私より一歳下である。彼は多才で、市民楽団のバイオリン奏者、テニス、そして最近教室に通い俳句を始めていたのである。

最後の授業の日、私は往きの電車の中で詠んだ俳句を、お別れの挨拶の代わりに黒板に書いた。これが受けて、彼も俳句を詠むようになったようだ。我が家へ来訪の時、詠んだ俳句の数々を風景写真に表示し見せてくれた。評価を頼まれたが、私にそのような力は無いし、何に対しても一番大切に思っていることは、他人が手を加えれば、その人の作品では無くなってしまう。人にはそれぞれの個性や考えがあり、それを尊重したい思いが強い。私自身我流で余り他人の意見や書籍を真似したくないのである。

あの授業に通っているとき、私の一言が参考になり、応募した会社から面接後宿題を出され、私は相談を受けた。目的は無事に就職してもらうことであるから、学校から許されていないが、独断で授業中、彼のみ、別メニューで徹底的にそれを教えて、何とか完了させた。当時もう五十歳は超えていたが、採用され、今は従業員一万人以上の大企業の役員で、七十歳を超えた今も勤務し、世界を股に掛けて行動していらっしゃる。時折その国々の珍しい物を送って下さったり、あちこちで撮った写真に俳句を付けて、メールに添付し、送ってもらっている。講師時代、学校のカリキュラムや教育内容は実社会の実体に合わないことから、独断でよく変えていた。学校の担当者の中には私の意見をよく理解してくれる職員もいたが、大抵は理解出来ない。それに転校生があると付いて行けないとの理由もある。転校生には追いつくまで、もちろん私のサービスで時間を取って特別に教えていたが、職員の上司に至っては全く融通が利かない。彼との出会いも、私と学校側と始終もめ事が絶えなかった中でのことであった。街の学校も国の職業訓練所も実社会に合わないことが多い。各学校も教科書通りだが同じ事が言える所もあるらしい。それに大切な事だが前項でも記した通り、世の中は日々進歩しているのである。

時が経って、彼からメールが届いた。ある大学と彼も苦心したチームが画期的な再生医療に成功して、テレビで放映されるから「是非見て欲しい」、その放送局、月、日、時などの連絡であった。私は彼が元気で活躍して、連絡してくれた事が嬉しかった。

数多くの人々と出会っているが、年を重ねた今、どこかで会っても、もう分からないだろう。しかし、ちょっとした出会いから、彼のように大会社の役員にまで上り詰めた人もいる。「次は社長を狙え」と発破を掛けている。

二〇一七年の一月、私が退職して四十五年ぶりに私を訪ねて来てくれた一歳上の人がいた。お互い会いたいと言う事から、同期入社の親友が取り計らってくれたのである。

私が高校を出て入社三年目に設計した機械を組み立ててくれた人で、彼は幾多の機械を組み立ててきたにもかかわらず、五十年近く前作ったあの機械の隅々の細かい事まで覚えていてくれ、更には在職時も私的付き合いは一切無かったのに、会えた感激は一入であった。二人は当時の事で話が盛り上がった。私も退職してから何年か経って知ったことだが、あの機械は日本初の量産機だったらしい。当時の状況を考えて見れば、世界初だったかも知れない。彼が覚えていると言うことは、当時としては余程珍しい機械だったと私自身も自覚していて、あのアイディアは私にしか生まれなかっただろうことも自負している。

元々スウェーデンのガデリウス社から買う予定で、設計の者や製造現場の者、そして水害に遭われた元上司の奥さんの上役（部長）も出席されていて、十六ミリ映写で機械を見た後、私に向かって「君出来るか」と声を掛けられた。私はすぐ「はい」と答えた。映写中、私はすでに全く別の、作業者ゼロの自動機の構想が浮かんでいたのである。

映写で見た機械は自動機とは言えず、かなりの作業者を必要としていた。そして遅く、精度も出ない。機械だけで無く、化学、電気、化学と電気の反応、毒性、圧力と法律や流体力学、珍しい機構学、など自己の構想には数え切れない程の学習が必要だった。

この機械の成功は、他部門の長が、先輩や大卒をごぼう抜きで、「私を指名して下さった」その御恩に報いたいこと、普段から信条でもある自分のプライド、そしてこの時はまだ彼女が応援してくれていると信じていたこと、そして若い情熱が燃えたことも大きい。

この功績によって表彰も受けた。その裏で、私は前記したような高山から谷底へ転落する娚病を抱えることが起こっていたのである。

その彼が来てくれる。私は何かもてなす方法は無いかと考えた挙げ句、干し柿を買って、氷温で熟成させると甘みが増すことを経験していたから、それを実行した。知らなかったが、幸いにも彼は干し柿が好きで、奥さんにもと、持って帰った程なのであった。私は嬉しかった。

彼の風貌は町で会えば人は避けて通るぐらいで、口も悪い。しかし私は彼が好きであった。仕事上、思いがけない出来事が起こると二人はよく徹夜して、解決に当たったった。

会社に居た昔、彼はニタニタして「見舞いに行ったんやてのう」と私に言った。同市で同期の女性と会い、彼女の親友が盲腸で入院したことを知って、彼女と供に病院へ行った。そして数日後、私は女性週刊誌などを持って、再度病院を訪ねた。病室は女子寮生で一杯になっていた。〈これはまずいときに来た〉そう思い、持ってきたものを彼女の親友に託し、病院を去った次の日のことだった。何故彼が女子寮のことを知っているのか不思議だった。女子寮と彼とがどうしても結びつかないのである。〈ま、良いや〉と、当時はそのまま放置して置いた。それを訪ねて来てくれたときに、話の中に持ち出した。すると、すぐ反応があった。

女子寮生が倉吉へ旅行中、盲腸を患い、手術はしたものの、看病する者が居ない。それで、総務部に居た彼の兄と供に患者を迎えに行って、連れて帰り、同市の病院へ入院させたと言うのだ。「やっと繋がった。そんなドラマが有ったのか」と私は笑った。

「会社に仲の良い四人娘が居て、よくハイキングなどへ行った。私と色々あったんだけれど、その内の一人が、新婚旅行後の初出社で、真っ先に私の所へ来て『懐かしくって』と言った。私も嬉しくないはずは無い。しかし、もう近づかない方が良いと言ったことがある。今は老いて周囲に若い女の子はいなくて寂しいけれど、あの頃が懐かしい。私が退職する少し前のことだったなあ……」

「そんなことがあったのか？」

「女子とのことはグループ付き合いにして、目立たないようにしていたから……」

「退職と言えば、あのグラウンドなくなったよ」

「えっ、あのグラウンドが……」

「今、マンションが建っている」

「私がスポーツ好きな事を知っていて、あのグラウンドに、一升瓶を持ってきて、工作係の人達にしてもらった送別会のソフトボールは忘れられない。私と新しい課長とで、方針や何かに付け、もめていることを皆様が知っていらっしゃる中で、あえてしてもらったこともあり、よけい嬉しかった」

「あのような送別会は、あれが最初で最後となってしまったんだよ」

「普通、どこでも設計と工作はもめ事が多いが、私は皆様が好きだった。九州地方の炭鉱閉山で多くの腕の良い職人の方が入社されたが、皆、人情味のある良い人達ばかりだった」

「工作の皆も君を好いていた」

「有り難いことや。送別会の時、私がバッターボックスへ立って、守備をしている人達の方を見たら、人数が多くて、隙間が無く、私は涙が溢れ、ピッチャーが投げた球も見えなかった。——送別会の最後に胴上げまでしてもらって——」

もう長い歳月が経つて、亡くなられた方も多いと聞いています」

彼は亡くなられた何人かの氏名を言った。私は目をつむって、少し時をおいて言った。

「私は八年しか在職していなかったが、初めて社会に出て、あそこが私の世界だったのです。退職後、色々仕事をしましたが、あそこで学んだ事や言い尽くせない色々の事、信頼関係など、一番懐かしい職場だったと思っています。今も皆さんの顔と名前や仕事をして下さった外注業者の方々も頭に焼き付いて、ハッキリ覚えています。それに入社時から目を掛けて、私を育て、見守っていて下さり、尊敬していたT課長は当時栄転され、顔を見なくなっていたが、退職時の課長と私がよく揉めているのを、退職が決まってからT課長が知られ、『何故私に相談してくれなかったのだろう』と仰ったことを伝え聞いて、その時、今でも、この私のことを気に掛けて頂いていることを思い、感極まって、泣いてしまったことを思い出す……、でも、もうお亡くなりになったそうですね」

「君とよくもめていた課長もあの後、すぐ飛ばされ、それからまもなく死んでしまった」

「あの会社は、課は違っても、実の兄以上に良くして下さった人達が何人かいらっしゃって、私は幸せ者だった」

私は退職後かなり経った頃、当時いた会社の職場を訪ね、彼の元へ行くと、

「早う作業服に着替えてこんかい」と言った。〈今迄こんな暖かい言葉を聞いたことはない。彼にとっては何の意識もなく自然に出た言葉だろうが、私は胸がつまった。まだ当時の仲間のままでいてくれている〉あの言葉は四十年以上経った今も決して忘れることはない。そんなこんなで話は尽きることは無い。このように嬉しい事や、悲しいことが色々ある。人生は終わるまで分からないものだと思う。

　この年の二月に入ったある日、我が家のリビングで、私は物を落としたので拾おうと前向きにしゃがんだ。そのまま腹を床に当てた恰好で倒れて、起き上がることが出来ない。

　いつも起床のとき、毎日腕立て伏せを二十回して、他にも筋肉を鍛えるため腹筋など色々な体操、そして柔軟体操もしているにもかかわらず、この時は両肩や二の腕に全然力が入らず、立ち上がることが出来ない。テーブルの脚が目の前にあるのに手が届かず、身体の移動や態勢も変えることもできない。態勢を変えようとすると、あの難病が発症しかける。体調が悪く寝室で寝ていたため、リビングのエアコンは入れていなかった。妻は買い物に出たばかりで、しばらくは一人である。パジャマのため薄着で、寒さや床の冷たさが腹部に伝わってくる。このままでは難病の筋肉の硬直収縮が起こり大変な事になる。何時も死は覚悟しているが、何時どのようなことで訪れるか分からないとつくずく思った。

　何度も腕立て伏せのように両手に力を入れるが、立ち上がれない。何とか横向きになれないかと、あれこれ試みるがどうにもならない。自分ではどうしたか分からないが、そのとき渾身の力を入れて横向きになることができた。

それを切っ掛けにあれこれ試みて、やっとテーブルの脚まで手が届くようになったが、立つことができない。それからもあれこれと苦労して、どうしたか記憶に無いが、何とか立ち上がったとき妻が帰ってきた。

「何？ その恰好、それに、その額の傷……」

「ああ、やっと立てた。死ぬほど苦しんだ」

額で立とうとしたことから額も傷だらけになり、肘や足のあちこちに傷が付いていた。今迄も良くひっくり返り、妻の助けを借りて立ち上がっていた。風呂に入っているときや何をしていても微かな音でもすると妻が覗きに来る。難病が発症しても、転けても自分ではどうしようも無いもどかしさ、食事や家事のこともあるが、一人では生きて行けないのである。従って風呂も平均したら一週間に一回ぐらいだろう。風呂に入らなくても死ぬことは無い。ニュースで介護の入浴を毎日要求する事を言っているシーンを見る。介護する側の人数が少ないのだから、他にも省ける作業があるのではないかと考える。

私自身、僅かな年金は貰っているが他の収入は必要である。今はパソコンのキーを叩けるが、何も出来なくなって、世のために生きられなくなり、何の為生きるのか疑問を持てば死を選ぶことを決めている。近所の医師にその時は安楽死させて貰うよう頼むが、良い返事は帰ってこない。

そしてこの月の十八日の朝、私はベッドの上で微睡んでいた。

寝室のドアを開けて妻が言った。

「今、テレビで可愛い猫ちゃんが沢山出てるよ」

私はリモコンを取って、ベッドの右横に置いてある小型のテレビのスイッチを入れた。

私の頭は半分枕の中に沈み込んで、左目片方でテレビを見ている。見ていると言っても、半分寝ているようなもので、猫を見たり、微睡んだり、うつらうつらしていた。

その後、起きる前にベッドの上で毎日している腹筋や腕立て伏せなどの体操をする。日によっては、まだ半分寝ていて、体操をしているつもりだけの時も度々ある。その日は天井を眺めると一つのライト、スプリンクラーが二重に見え、部屋の中の物の数が倍に見えて、それが重なるから、何もかもがまともに見えない。〈どうしたことか？〉起き上がってもふらふらして足元が定まらない。何とかリビングまで行った。ベッドで天井だけ見ているときは単純だったが、リビングで視界に入るものが多くなり、メチャクチャに見えるのである。左右の目の見え方が少し傾き、上下にずれて二重に見えるからであった。妻と話して〈そのうちなおるかなー〉と思ったが一層酷くなった。今日は土曜日、今日と明日は病院は休みである。そして月曜日を待ち、近くの市民病院へ行った。

眼科で検査や診察を受けた結果、医師は言った。

「眼科で手を施すことは何もありません。今は医学の研究進歩が速く、大学も研究機関も各科が細分化され、これ以上の事は出来ません」そう言って、すぐ脳の断層撮影の手配をすると供に脳外科への連絡も入れてくれた。本来午前中の受診受付だが女医の行動は速かった。ＭＲＩも普通なら日を改めて予約するところだが、急きょそうしてくれたのである。

もし近くの開業医の眼科へ行っていれば「暫く様子を見てみましょう」そう言って目薬を出す程度だっただろう。

そして眼科の女医は言った。

「数時間後撮影できそうなので、ＭＲＩ室の近くに居てください。そして撮影後は脳外科の診察を受けて下さい」

ＭＲＩの撮影が終わり、脳外科へ行って、早速診察を受けたが、異常は見つからなかった。眼科の女医も脳外科の医師も大阪大学から来ていたのである。

〈いつものように原因不明の病が又一つ増えたのか？〉もう七〇歳である。回復は無理なのか私は落胆した。すると脳外科の医師はＮ病院の神経内科を紹介すると言う。私は何年か前、Ｎ病院の神経内科や内科の医師と喧嘩したあげく、「この藪」とまで言った経緯があって、その事を脳外科の医師に言ってＮ病院へ行くのを拒んだ。

「私も気が短い方だが医師と喧嘩しない方が良い」とたしなめられ、一任した。

「N病院は京都大学系だけど、連絡を取り合っている。心配はない」脳外科医は言った。

早速紹介状を書いて、予約を取ってくれた。紹介状の相手の医師の名を見ると喧嘩した医師では無く、胸をなで下ろした。家に帰って、不自由な片目を使い、インターネットでそのN病院の医師を検索すると、神経内科でも難病を得意とする医師で、今迄苦しんできた病も相談できるのではないかと期待を持ち、Mクリニックに渡したのと同じA四の書類一枚を用意した。

二月二十四日の朝、妻に付き添ってもらい家を出た。足はヨタヨタ、目はクラクラして、とても電車の中に立って居られる状態では無かった。シルバーシートの前へ行って、倒れないように妻が支えている。

「しっかりつり革を摑むのやで」妻が言った。

私の前のシルバーシートには若いＯＬ二人が目をつむって座っている。この状態は彼女らにも分かっているはずである。この様子を見かねた四十代の女性が離れたところから、こちらへどうぞと誘ってくれて、倒れ込むように座り込んだ。僅か七分の乗車のことながら嬉しかった。〈替わってくれた女性もどこか悪かったのではないだろうか？〉。知らぬ素振りをして、目の前でシルバーシートに座っている若いＯＬも、身体のどこか悪いところでもあるのだろうかと思っていたが、天王寺駅に付くと皆と一緒に元気に降りて行った。

彼女ら側から見れば〈そんな身体でこんなラッシュアワーに乗らなくてもよいのに〉そう思っているかも知れない。場合によっては痴漢にされてしまう男性もいる。私もできるだけ女性に近づかないように心がけている。

天王寺駅で降りた後、タクシーに乗るのだが、これも一苦労、足を上げると激痛と供に両足の筋肉が硬直収縮するのである。

「時間が掛かって済みません。病気なもんで」妻が運転手に詫びる。

「良いですよ。ゆっくりして下さい」

「ありがとうございます」二人はようやく乗り込んだ。

「どちらまで？」

「N病院までお願いします」

「わかりました。ヨーロッパのタクシーは高さがあるから、乗りやすいでしょうけど」

「はい。そう思います。箱形のように……」私は答えた。

「今度の東京オリンピックで、タクシーの高さも高くしなければならないようだけど、私達個人タクシーにとっては負担が多くて困っています。外人さんは背が高いですからね」

「知らなかったけれど、そういうこともあるのですね」

「私達にはオリンピックなどない方が良いと思っています」

「私もそう思います。金も無いのに、どこからそんな金が出てくるのでしょうかね。始まる前から競技場のデザイン料やエンブレムで擦った揉んだりしてましたね。オリンピックで儲けると言っていますが……どうなることか……終わった後の経済が心配です。それに、この頃はオリンピック開催国になるのを辞退する国も多いようですね。選手にしてもメダルを期待される候補になるまでには、かなり資金が要るようで、少し昔になりますがフィギアスケートで、金メダルを取った選手の親は一山売ったそうです。これはスポーツだけで無く、ダンサー、芸術家、音楽家……等、何でも名が知られるようになるまでには親も大変らしいです。でも今では金融資産に変えられる地方の不動産はないようで、子供が大学へ進学する費用も借金が多いようですね」

話しているうちに、N病院に着き、また苦労して下車し、院内に入り、受付を済ませ、神経内科の診察を待った。順番が来て、挨拶を済ませ、医師の前の椅子に座ったときは、手渡した紹介状と私が書いた書類も読んでいてくれていた。後ろに付き添いの椅子まで用意されていて、妻が座っている。

医師が何か言ったが、はっきり分からなかった。

「私の顔ばかり見てないで、私の指先を見て下さい」若い女医が言った。

「見とれてました。済みません」とんでもないことを言ってしまったが、医師は相手をせず診察をしていった。女医が目を覗き込んでいるとき、

「若い頃はもっと大きかったのですけどね」

「今でも充分大きいですよ」そして続けて言った。

「三月一日同じ時間に来て下さい。今度は造影剤を入れ、ＭＲＩで脳の精密断層写真を撮ります」

そして少し間をおいて、

「『リリカ』飲まれましたか?」と尋ねられた。

「効きませんでした。繊維筋痛症ですか?」

「そうです」私の書類を見ての事だった。

一ヶ月ほど前、Ｍクリニックへ行ったときも、あの同じ文面を見て、

「分かりました線維筋痛症です」と言われ、薬に『リリカ』を処方されたのであった。

「とりあえず今日は五種類の薬を処方します」女医が言った。

その中にステロイドホルモンが入っていた。

私は最初線維筋痛症を発症した原因をステロイドホルモンの所為だと思っていた。

椎間板ヘルニアの治療でその注射をした後、いつも足はもつれ、手は硬直していたからである。その事を言っても、どの医師もそんなはずは無いと受け付けなかった。おそらく医学書にはないのであろうし、むしろ万能薬として使用されていた。

それを見た私は「毒薬が入っている」と言った。

それでも医師は取り合わなかった。

〔苦闘の項に記したものとダブルカ所もあるが、繊維筋痛症とは脳を含め身体の何処へ、どのような形で発症するか分からない。検査方法や治療方法、それに治療薬も確定されてない難病である。そして光、音、触感などにも敏感になり、それが原因で発症に至ることもある。私も色々な薬を試しながら、治療されている状態であった。しかしこの患者は二〇一六年で国内に二〇〇万人、難病指定されて筋肉が硬くなるパーキンソン症状患者は二〇一九年で十五万人以上もいるようだ。繊維筋痛症は難病指定にはなっていない。毒薬と言ったステロイドは、体中の炎症を抑える効果があるが、免疫力も抑える。従って飲むと胃の内壁にカビが生えることもある」

この後のこと、処方された薬を家で飲んだ。たまたま処方された抗鬱病用の『サインバルタ』が身体全体ではないが、所々に効き始めている状態になった。

薬を飲んで三日目の夜、線維筋痛症と病名が付いた病の発症したときと同じ症状が出た。

この時は五年程前から症状が出始めたとき、頓服薬としてセルシン錠を飲んで、暖かくして寝ていると一時間ほどで治まってくる事を実証していたため、妻に声を掛けてセルシン錠をいつもより多く飲ませてもらい、暖かいベッドの中でじっとしていたら治まっていった。仮に救急車で病院に運ばれても処置の方法はないのである。この夜、同じ現象が三回発症した。あくる日から、この毒薬の服用を止めると、あの症状は起こらなくなり。他の四種類を飲み続けた。これで長年苦労してきた病の発症原因は私の考えていた通りと確定した。かつて、旧住所に近い開業医で診察中、突然左足首に発症した。医師はこむら返りと決めつけていたから、こむら返りの手当てをしだしたが、益々酷くなり、「それは違うと言っているでしょう」と言って、待合室で私のカバンを持って待っている妻に聞こえるよう大きな声で、「頓服！　頓服！」と叫ぶと、すぐ妻が飛んで来て、カバンから、頓服薬を取り出すと同時に、別室にいたナースが水を用意してくれて服用することができ、まだ初期の症状だったので、全身に広がらずに一時間ほどで落ち着いた。私にはこの頓服薬がそれほど有り難い薬なのである。院内でありながら、医薬分業の為、院内には薬は無く、直ぐ対処出来ない。馬鹿な政策で、このような矛盾が起きる上、政府は医療費が多いと言いつつ、院外では幾重にも取られる訳の分からない管理料や既に調剤してアルミの袋に入っている漢方薬も、渡すだけなのに、昔調合していたままの調剤費として無駄な費用を取っている。院内処方にすればこのような費用は要らなくなり、薬代は大きく下げる事が出来る。政府は自ら医療費を上げているのである。

三月一日、又ラッシュアワーの同じ電車に遭遇した。私の症状は前回とは少し目の方がましになっていたものの改善はしていない。入り口近くのシルバーシートには以前と同じＯＬ二人が陣取って譲ろうともしない。ここを避けようと思っていたがエレベーターを降りたところが同じ所なのだ。足が悪いから歩きたくないのである。

するとと少し離れた所の若い男子が「こちらへ」と誘ってくれ、私は前回と同じように涙が出た。私の元気な時は、疲れていても、たいてい席を譲っていた。このとき〈病で苦しんでいる老人は同じ思いに違いない〉と実感した。

かつて女性の変化について象徴的なことがあった。講師をしていた三十年近く前、私が教室で言った。

「私の中学校時代、運動会のフォークダンスで、男女が手を繋ぐ時があった。ダンスの題名はオクラホマミキサー、男性が後ろで右手は女性の右肩上、左手は女性の左腰当たりで繋いだのだが、女性の全身が震えていた」と言ったら、「笑うわ」と言った女子受講生がいた。女性が皆そうではないと思いたいが、その頃の女性達から感じることがあったから言ったのだが、田舎と都会の違いもあったのだろうか……私の中学校時代とは変わったものだと感じたことを思い出した。テレビでドラマに登場する若くて美しい女性は恥じらいがあり、皆心優しく親切に描かれている。その皮肉さを思わずにはいられなかった。女性専用車両など女性優遇が世間を網羅してから、このようになってしまったのではないだろうか？やはり若い女性は優しく、親切で可愛い方が良い。神様が声や容姿もそのように作られたのだから……と思う。

〔一般的に普通車両より女性専用車両の方が空いていることが多い。利用するのは痴漢意識の強い若い女性に限られているからで、普通車両は老若男女全て集まるからである〕

この駅に来るとき、またラッシュに遭遇することを想像しながら、私は妻との会話の中で歩きながら言った。

「若い女性より、若い男子の方が心優しい人が多いんだよ」実際ここでも体験した。長い人生で見てきたことの正しさは間違い無いようだ。またタクシーにも苦労しながら乗り込みN病院に着いた。少し待ってMRIの検査を受け、診察室で呼ばれるのを待った。市民病院もN病院も、この頃は画像が直ぐ診察室へ電送されるようになっている。

私は女医の前へ呼ばれ、供にMRIの画像を見ながら、

「この画像を見る限り、異常は無いように思います。何故か原因は分かりませんがこの前処方した薬の中の『サインバルタ』が、目にも座骨神経痛にも効いているようだし、たぶん線維筋痛症にも効いてくるのではないかと思っています」

「次、三月十五日に予定を入れておきますから、いらして下さい」

「はい。ありがとうございます。いつも朝、この身体でラッシュアワーには苦労しています。予約時間を……」

「今度は十一時に来て下さい」

「助かります。もう一つお伺いしたいことがあります」

「何でしょうか？」

ステロイドホルモンを飲んで、夜苦しんだ症状を話した後、

「ステロイドは線維筋痛症が初めに発症した時と同じ症状で、発症原因はハッキリしました。そこで外から与えたときは分かりますが、外から与えないときは、どのような時に体内で多く分泌されるのですか？」

「色々原因はあると思いますが、ストレスが一番大きいと思います」

「なるほど。分かります。最初に発症した時は毎日忙しく、疲労も限界にきていました。ストレスも尋常ではなかったです。それにその日は暑く、外へ昼食に行き、帰ってビルに入ったときは、冷房の効きが強かったです。以後これらに気を付けます」

「そうですね」

「ところであの毒薬はどこから分泌されるのですか？」

「副腎です」

「殆どの塗り薬もステロイドが入ってますね。塗り薬でも苦しんだことがあります」

「そうですか。この後のことは次回の様子を見て対処しましょう」

「はい。有り難う御座いました」

診察室を出て、私はヨタヨタしながら、トイレに入った。

「あれっ、ない」

「ここは女子トイレですよ」

「済みません。間違えました。目が不自由なもので」

「ご案内します。付いてきて下さい」普通なら大騒ぎになるかも知れなかったが、女性は親切に案内してくれた。にわか盲のようなもので、目が見にくいと言う事は、他人に迷惑もかけるし、大変な事だと感じた。

N病院を出て、タクシーに乗った。今度はタバコの臭いがした。私にとってこれも毒薬のようなもので敏感に感じる。タバコは例え副流煙でも呼吸困難な慢性閉塞性肺疾患（COPD）になる。一端そうなると、今のところ治療方法は無く、言い換えればタバコを他人のいるところで吸うことは殺人的行為なのである。自分が勝手に肺を潰して死ぬ分には何も言わないが、他人を道ずれにすることは許せない。厚生労働省はなぜ喫煙の禁止をしないのか、医療費の削減を言いながら公共の場所でも野放し状態で、家庭や職場でも同じ事が言える。二〇二〇年のオリンピックで政府も動き出したが、この喫煙の多さは先進国では日本だけである。タバコが原因の医療費は二〇一四年で年間約一兆五千億円も掛かっている。医療費以外にも、火事、ゴミ……など多岐に費用が掛かる。それでも国会で揉めているのは各飲食店の客の人数がどうなるかなどの小さいことで、将来を考えるならば、喫煙率は減ってきているから、今後客は減ってくるのは間違い無い。それより喫煙しない人が入りやすい店の工夫もしないで、今迄通り喫煙者好みの店で禁煙にしたら目先の客が減ったと言うのは短絡的考えである。おそらく常連客が多いと想像できる。そしてタバコは身体に悪いと分かっていても吸い続け、酸素吸入器を持って歩いている哀れな人をよく見かける。更に健康に悪いと分かっていても吸い続け、健康を損ねた人のために健康保険を使うのは頷けない。無駄な横道へそれてしまったが、話を元へ戻す。国会も問題の大局から外れ、無駄な細かい事に終始している。完全禁煙にすればタバコ関係の事業、そして職業内容は変えなければならないことや、前述したそれぞれの要求を考慮していれば日本の完全禁煙は永遠に進まない。完全禁煙に決めれば無駄な国会討論は不要になるし、タバコによる医療費、火事など無駄な費用も不要になる。

タバコ火災で忘れられないことがある。一九八二年東京都のホテルニュージャパンで外人客が飲酒の上、寝タバコをしたのが原因だった。しかしメディアはホテルの防火設備のみ騒ぎたて、オーナーを責め立てたが、本元の寝タバコには注視しなかった。馬鹿かと思った。それに防火設備の法定基準は年々変わっているのである。

飲酒も大きな問題である。アルコールは体内に入るとアセトアルデヒドになって、その分解酵素が少ない人は様々なトラブルを起こす。日本人は進化の過程で、この分解酵素が減ってきているようだ。その悪玉は特に遺伝子や脳細胞にも傷を付けたり、認知症や寿命にも影響する。ロシアではジンの飲酒を止めた人は寿命がかなり延びたという話しも聞いた。酒は百薬の長と言われるが、昔から酒で治った病無しとも言われている。百薬の長は酒関係業種の宣伝文句に利用されている。日本では人が会する手段にアルコールが付きもので、飲まないと肩身が狭い思いをする。昔から『男はタバコと酒ぐらい飲まなけりゃ』と言う馬鹿げた因習があり、その無能な非科学的思考が今でも続いている。ともかく日本は酒やタバコに甘すぎる。先程先進国と言ったが、物作りや色々な面で、もう先進国ではなくなってしまっている。無能かつ非科学的国民性や矛盾だらけの政治の一端を思い起こしてしまった。

次の日、市民病院の眼科へお礼に行った。

「もう歳だから、回復は無理かも知れないと思っていましたが、少し良くなってきました。先生方のおかげで希望が湧いてきました。脳外科の先生にもお会いしたいのですが……」

「脳外科の先生には私から、あなたが来られたことを伝えておきます」

「ありがとうございました。失礼します」

市民病院を去って、近くのMクリニックへ向かった。

私は〈歳を考えると、もう長い寿命ではないけれど、やっぱり引っ越して良かった〉つくずくそう思った。

〈もっと後になるが、何人かの旧友と話していて、見え方は違うが二重に見える複視は友人の中にも何人か発症したようで、医師の対応も違うようだ。何も手当をしないで何時しか治ったと言う者、進められて修正用のメガネを作ったと言う者、結構時が経てば修正されることが多いようだ。

また私が毒薬と言っているステロイドホルモン薬は、これも発症カ所や症状は違うが、身体に合わない人が多い事もよく聞く。私の友人もステロイドホルモンを飲むと前記したように胃の中にカビが生えるらしい。アスリートが競技中に筋肉を痛めたとき、スポーツ医は何の疑いも無く、手っ取り早くステロイドを使うことが多い。しかしその後、筋肉は以前のような能力を発揮できない人がいるのは、この影響も多いと考えられる。怪我などの万能薬として、よく使われているが、個人患者がこのことを言っても、医学の教科書には良いように記載されているようで、どの医師にも聞き入れられない。絶対と言えるものはないのだし、患者によって違うのだから、医療関係者も謙虚に、患者の様々な症状のデーターを集めて、再研究をして貰いたい」

Ｍクリニックの処置室で、

「血圧を測らせて下さい」あのナースが寄って来て言った。

血圧計を腕に巻いているとき、

「美しいし、可愛い。見とれるのも無理はない」

ナースは返事をしなかった。

「私にはこんなこと言える資格はないのに、えらいこと言ってしもうた」私が言うと、

「資格？」ナースは尋ねた。

「そう。私には妻がいるし、難病の病持ちで、年齢差が大き過ぎる」

「あなたはまだ充分若いですよ」

「そう言えば高齢者の定義が七十五歳に変わりましたね。血圧はどうでした？」

差し出された血圧計の数値を片目で見て、

「今日は高いな」

ナースは前回の数値を見るため、コンピューターのディスプレイを見に行って、

「確かに高いですね」

「おかしいなー何故やろ。あっ、分かった。原因はナースさんの所為や」

コンピューターの周りにいたナース達が一斉に笑った。

私は診察室へ入って、医師にN病院の事など、今までの経過を説明して、いつもの処方をして貰い、再び処置室の椅子へ座った。

「今日の調子はどうですか?」先程のナースが言った。

「ナースさんの顔が、上下に二つ、目玉が四つ見えます」

「それは困りましたね」

私は帰り支度をして引き戸の方へ歩いた。顔が引き戸と壁にぶち当たってしまった。

平衡感覚と遠近感が無くなっていたのである。私が転けかけたとき、

「危ない」そう言ってナースは私に走り寄って身体を支えた。
「女神様の余韻が残っていたもので、壁に気づかず、つい……」
ナースはニッコリして、引き戸を開け、私を促した。
「おだいじに」そう言って待合室で別れた。
私は妻の待つ待合室の椅子へ引き寄せられるように座り込んだ。
妻が支払いを終え、二人は外に出て、薬局へ寄り、エレベーターで我が家へ帰った。

三月十五日、N病院神経内科の診察を受け、Mクリニック宛ての紹介状を書いてもらって、その後、Mクリニックの診察室でドクターの診察を受けた。N病院の次回診察日は七月三十一日で、それまではMクリニックで診察を受けるのである。
「先生、私が以前から言っているようにステロイド入りの薬を飲んだ後、この病が発症した時と同じ症状がでました。原因は明らかです。自分の身体で体験したのだから……でもやはり先生方には一般的に既成事実と認めて頂けません。私と同じように苦しんでいられる人も多いと思います。認めていただけないのは、医学書やいわゆる教科書のようなものに記載されていないからではないでしょうか？」

「仰る通りです」

「発症原因が分かっても、私は医学者ではありません。治療方法も解明することはできません。そこで私が論文を書いて、世界の医学者達に、その解明をお願いすることを呼びかけるように、有名な科学誌へ送りたいのですが、どうでしょうか？」

「人の身体は千差万別で、どのような症状がでるかは分からない程難しいのです。あなた一人の症例では駄目です。そうするには多くの症例を集めなければなりません」

「今後良い薬ができたら宜しくお願い致します」

「当然です。私の任務ですから……」

その後、処方をして貰い、診察室を出て、処置室の椅子で帰り仕度をしていた。

「この頃どうですか？」いつものナースが言った。

「目の方はかなり良くなりました。でも、体調はあまり良くないです。恋煩いをしているようや」

「えっ、恋煩い？　どなたに？」笑いながらナースが言った。

薬の『サインバルタ』を飲んでいたら、食欲が出ない、気分が悪い、元気が無い、眠れない、テレビドラマで見た会話の中で、恋煩いの症状と似ていたからそう言ったのである。

以前にもベッドの上で体操をしているつもりがあると記したが、このクスリを服用後そのことがより酷くなっていた。

「どなたに恋煩い？」再び問うた。

「他に誰がいるのですか？」

「まあ」

周囲のナース達も笑っている。

「そんなことばかり言って、皆笑っているじゃないですか？」

ナースと私との歳の差は二倍は遙かに超えているのではないだろうか。

「このやせ細った身体を見て下さい。いかに思い込んでいるか」

「あなたは普段から、女性も羨む細身の身体ですよ」ナースは私の魂胆を見透かすように笑いながら、合わすように言った。

「ああ、信じてくれないのやな？」

「どなたか知らないけれど、信じることにしましょう」

「ありがとう。でも、その人の心を少しでも盗めれば良いのだけれど……」

「あらあら、外の待合室で奥様が待っていらっしゃるのでしょう？」

「うん」

「いつも二人で仲良く」私へ皮肉を言った。

「でも、何時も妻と一緒だとなぜ知っているのですか？」

「それはもう……」私は彼女に妻と二人で居るところを見られていないと思っていた。でも彼女たちは何もかも知っているのである。この会話は妻にも聞こえているだろう。

知られていないと思っていたのは私だけである。

「あなた、その娘《こ》をどうするつもりよ」他のナースが言った。

「私の恋人」

「奥さん居てるのに？」ナースの一人が言った。

「好きになるのは勝手でしょう？　もっと仲良くしてよ」私が言うと、

「あら、あら」

「恋人と奥さんと分けて考えたらどう？」他のナースは言った。

「そんなことできるのかな？」

「してみたら？　あなたが初めて」

「毎日ややこしいな」

「面白そう」彼女達は私をそっちのけで皆勝手なことを言っている。

「で、あんたどうなの？」他のナースが当のナースへ聞いた。

「恋人、いいな……」冗談ぽく言った。

「それって？？？　嬉しいな」私は言った。

「はい、成立」他のナースは言った。

「これは夢見てるんだな。現実なら良いのにな。この阿保は何を言い出すか、しでかすか分からないから……皆さん困ってるね」

また皆笑っている。

「夜中に私が一人で仕事をしているとき、ベランダから恋煩いの天女様が来てくれないかな……毎夜待っているのに」

「でも高層階でしょう？」

「高層階でも、天女様なら舞い降りることもできるでしょう」

「天女さまねえ」そう言って彼女は笑った。

「いや。まてよ。来るとしたら、天国からのお迎えだろうな。そうだったら迷わず付いて行くつもりだけれど」

「もう、そんなこと……」

「でも、やっぱり白衣の天使さまの方が嬉しいね」

「バカばかり言って、あなた、あちこちに女の人を作っているのじゃない？」

「そうできれば嬉しいけれど」

「まあ」

「どこでどのように発症するか分からない。旅や一人歩きさえできない箱入り亭主なのです。ここで白衣の天使様に会うため、月に一回外出するだけなのですよ」

「ああ、それで……いつも……」何かを合点したように言った。

「それにしても、この阿呆の言う事に良く話を合わしてくれるね。ありがとう。でも、あまり調子を合わしていると、あなたも私の阿呆が移るよ」

「もう移っているような気がするわ」

「阿呆が二人か」私が帰ろうと立ち上がって、引き戸の方へ歩き出した。

「目の方心配していました」追ってくるようにナースが言った。

「ありがとう」そう言って処置室を出た。

〈やっぱり心憎いな……〉私は嬉しかった。

彼女に恋心が無いと言うと大嘘になる。しかしそれを省いても、彼女が側にいると自分が若い頃に帰ったように思え、彼女を純粋に白衣の天使と思っている。私の声が待合室に聞こえていたのだろう。妻が言った。

「若い娘に手を出すのも良いが、私にお迎えが来てからにしてよ。そうしたら私も安心して逝けるから」

「若い娘がこんな年寄りの相手をしてくれないよ。それにそうタイミング良く、良い人に会うことができないし、それよりお迎えは俺の方が早いよ」

七月三十一日

N病院神経内科の診察日である。

「どうですか？」若い女医は言った。

「まだ膝から下が安定しません」

「時間が掛かるでしょうね」

「それに恋煩い」また『サインバルタ』の副作用をそう表現したのである。

医師もそれは分かっている。しかし話を合わせるように、

「その病は私の専門ではありません」

「これは先生しか治せません」

「困りましたね。後に奥様がいらっしゃるのにそんなこと言って良いのですか？」

「この阿呆は何を言い出すか分からないから、恥ずかしいと言っています」

女医は笑っている。

「先生顔色が赤いですね」

「そうですか？」

「先生が赤いと私まで赤くなる」

「奥さんの前でまたそんなことを……」

「紫外線を注意しなければ、綺麗な顔が……」

「それはドクターの判断することです」

「私は自己診断をして喋るから、Mクリニックの先生にも同じような事を言わ

れました」

　女医は笑っている。

「後はあなたの近くのMクリニックにフォローしてもらいましょう。また異変が起きたら、いつものMクリニックの先生に紹介状を書いてもらって、私の予約を取って下さい」

「ああ連れないことを……私が来なくなれば先生は寂しくありません？」冗談ぽく言った。

「言いたいことを言って」

「私を色ぼけ老人と思えば腹も立たないでしょう」

女医は笑っている。

「この悲しい恋煩い。私の娚病がまた一つ増えました」

「えっ？」

「叶わぬ哀れな悲恋物語も、これでジ・エンド」

私は椅子から立ち上がって言った。

「あっ、そうだ。今後良い薬ができたら、Mクリニックへでもお知らせ下さい」

女医は微笑んで、夫婦は丁重に礼を言って病院を後にした。


以前にもベッドの上で体操をしているつもりがあると記したが、この『サインバルタ』を服用後、そのことがより酷くなった。その上、恋煩いの説明でも用いたように、副作用が大きく、この頃では抗鬱症を直すはずのクスリが抗鬱症状が酷く現れだして、夢の中でも誰かに殺されかけているような苦しい症状が出だした。もうこのクスリの限界を感じ、Mクリニックのドクターと相談して、このクスリの服用を止めることにした。クスリの副作用の怖さを身をもって体験したのである。


「先生、この病が治ればもっと元気になれるのですけれど」

「そうなれば、もっと創作活動が出来ますな」ドクターに我が著書の最新作を謹呈していたからである。

「はい」

「医療技術も日々進歩しているから、色々なドクターに当たっておきます」

「お願い致します」

その後Mクリニックへ行っても、お互い好意を持っているが、ナースと話す機会が無い。

デートに誘いたくても、私の行動範囲で病院とスーパーはあるが他に何も無い。こっそりデートにも誘えない。シャレたレストランでも有れば良いのにと思う。

顔を合わせたときに、

「恋人に話しもする機会も無いなんて私は寂しくって」

「恋人って誰のことですか？」

「前に成立したじゃないですか」

「奥さんが居てるくせに」

「すぐ奥さんと言う」

彼女は黙っている。

「そうなんだ。私には資格はないんだよな」

「奥さんがいるから資格が無いというのですか？」

「他にも、歳の差や難病を持っている」

「難病？」

「あなたも知っているように繊維筋痛症」

「それで資格が無いって？」

「うん。悩んでいる」

「そんな資格なんて気にしなくてもいいのに」

「本当ですか？　恋人と思って良いのですか？　喜ばせておいて……」

「でも、奥さん可愛そう」

「私は何処で何をやらかすか、言い出すか分からないから困る事もあるらしい」

「何を言い出すかは分かるけれど、しでかすかは分からない。教えて下さい」

「それは秘密。でも驚くことは確からしい」

「悪いことでなければ良いじゃないですか。面白そう。私なら歓迎します」

「そうやな。ここは医院だから関係した一例を上げると、どの医師もプライドは持っているが、自己研鑽をしていない医師が多いから、私の方が知識を持っていることもある。それを指摘しても変わらないどころか、分からないらしい。医師に『藪』と言って、大げんかになったりする。ついでながら医師は誤診をしたり、殺してしまっても、きっちり高額な医療費を取る。もっと責任を持って欲しい。今の体制は甘過ぎる。土木建築も見かけは立派なものが出来ていれば、中味の手抜きは問題が起こるまで分からない。これもよく似たものや。機械技術者は機械の形だけ完成しても目的の仕事を果たさなければ、代金は支払ってもらえないばかりか技術料は前者に比べて安過ぎる。機械は社内で外には出ない場合が多いから地味で目立たない。世間でのこれらの評価の違いは大き過ぎる」

そして続けて、何を言い出すか分からない例も言った。

「N病院で――『私の顔ばかり見てないで私の指先を見て下さい』若い女医さんに言われたとき、見とれてました。済みません。など自然と出てくるから、側にいる妻も恥ずかしいらしい」

「それはそうよ。それより、見とれてた女医さんと、どうなりました？」

「その時は、ビックリしたようで相手にされなかったが、次行った時には愛想が良かった」

「ふーん。綺麗な女医さんだったのでしょう？」

「あなたの方が遙かに美しい。でも夢にも出てきてくれない。悲しいよ」

「上手いこと言って」

「戸惑うような事を言うこの阿呆が、女医さんに医学の難しい質問をするから、女医さんも本物の阿呆かどうか分からないので対応も難しいのやろな」

ナースは何か仕事をしている。私は口の中でぶつくさ言っている。

「何か言いました？」

「片思いの哀れな悲しい恋煩い。私の本当の思いをあなたに分かってもらえない」

「待合室に奥さんいらっしゃるのに」

「だから、どうすることもできない娚病で私は悩んでいる」

好きな女性が出来たのに、若いときは甲斐性の問題、今は状況の問題で悩む。何歳になっても、恋する心は無くならないのである。

「妻と恋人を同時に持つことができたら良いのにな。平安の昔の貴族のように。こんなとき、どうすれば良いか今度先生に聞いてみる」

「あなた面白いこと言うわね」

「私は阿呆症の病にかかっているから」

「阿呆症なんて、医学書にも無いわよ。そんな病」

「私が名付けた。天下御免の阿呆症、色ぼけ老人」

「ハハハ……」周囲のナースが笑っている。

「これが世間に知られていれば気楽に何でも喋れるのにな」

「おへそが茶を湧かすわ」

「乗ってきたな。そう来なくっちゃ。でも、こんな阿保嫌やろな。あなたの恋人になれないな。ショボン」

老いた私が病気になり、クリニックや病院に通ううち、若い女医やナースと何度か会っていると、自分の素晴らしかった青春時代の彼女を思い出す。

当時としては美しく稀な恋の思いでで、彼女は若くて美しいまま私の心に残っている。また自分は歳をとっているのに心は若い時のままで、幾つかの出会いがあって、その時々の心に残っているヒロインは歳をとらない。その状況の中で、出会う若い女医やナースに恋をする。自己の老いを受け入れられない。しかし今の自分には資格が無い。年の差、老いた妻、難病……

〈神様どうすれば良いのでしょうか……〉

このようなことを念頭に置いて、ある日ドクターに聞いた。

「妻が居て、好きな女性が出来たらどうすれば良いのですか？」

思いがけない質問にドクターはすぐ答えられず困っている。

「先生も御経験があるのじゃ無いですか？」

ドクターはますます困って、

「これは娚病やなと言った」

「先生は娚病も見て下さるのでしょう？」

「今日はこのぐらいにしておこう」ドクターは逃げた。

診察室から出て、ナースに言った。

「先生を困らせてしまった」

「なんて言ったの？」

「この前言っていたこと聞いてみたのや。ドクターは心の病も治してもらえると思って……

先生も困っていらっしゃった。私は重病の阿呆症だから」

「また阿呆症？」

「どうしようもないね。ナースさんが治してくれる？」

「ハイと言ったらどうします？」

「えっ、本当？」

「奥さんの居るところで、あなたにベタベタしたら、あなた慌てるだろうな。そのときの顔を見てみたいわ。あなたは苦労の種になるわよ。奥さんに隠れてこそこそしている姿が目に浮かぶわ」

「悪い趣味やな。天使が鬼に見えてきた」

「困らせてやりたいが、できない。あなたが好きだから」

「ああ良かった」

「その代わり妻にして下さい」

「ワォー、それきた」

「ふふふ女は怖いですよ」

「困らせることは出来ないと言っていたのに」

ナースも話を合わせて、面白がって、からかっているのである。

「ああどうすれば良いのだ。ますます娚病が酷くなってきた」

西川　正孝（にしかわ　まさたか）

昭和21年（1946年）三重県生まれ。

昭和40年、大手の電機製品製作会社入社、昭和48年退職。

その後、数社の中小企業勤務、設計事務所、技術コンサルタント、専門校講師等、一貫して機械関係のエンジニアとして活躍。

著書に『約束の詩 ―治まらぬ鼓動―』『二重奏 ―いつか行く道―』『恋のおばんざい ―天下国家への手紙―』『国家の存続 ―天下国家への手紙―』『国家再生塾』『地磁気発生と磁極逆転の私案』がある。

大勝負　難《な》（娚《ん》）病を生きる

2019年7月8日　発行

著　者　西川正孝
発行所　ブックウェイ
〒670-0933　姫路市平野町62
TEL.079（222）5372　FAX.079（244）1482
https://bookway.jp
印刷所　小野高速印刷株式会社

ISBN978-4-86584-413-9